Das Buch
Die Datei:
Lillian, Anfang zwanzig, ist ein weiblicher Nerd. Sie wohnt noch bei ihren Eltern. Das ewige Hocken vor dem Bildschirm und zu viele Paprikachips haben sie alltagsuntauglich und übergewichtig werden lassen. Sex ist für sie nichts weiter als eine Online-Dienstleistung, bis Banri Watanuki in ihr Leben im Internet tritt. Er ist ihr edler Ritter, ihm vertraut sie sich an. Und schon bald stürzt sie sich Hals über Kopf in eine Cyber-Affäre mit unabsehbaren Folgen. Denn: Die Welt soll verändert werden.

Die zweite Datei:
Christus, der Virus, der – ginge es nach Lillian – die Welt verändern sollte, hat seine Wirkung nicht entfalten können. Doch Lillian gibt nicht auf. Abgeschottet sitzt sie in ihrer Dachkammer im Haus ihrer Eltern und werkelt am nächsten Projekt: einer Computersimulation der Liebe. Es soll die nächste Phase der Weltveränderung einleiten.
Lillian wartet geduldig auf den richtigen Moment, um ihren Virus freizusetzen, wobei weniger die Welt als vielmehr sie selbst sich verändert.

Der Autor
Arnon Grünberg, geboren 1971 in Amsterdam, wohnt in New York, Amsterdam und Berlin. Seine Bücher wurden schon mit allen großen niederländischen Literaturpreisen ausgezeichnet. 2002 erhielt er den NRW-Literaturpreis für sein Gesamtwerk. Neben seinen literarischen Arbeiten schreibt Arnon Grünberg einen Blog und verfasst Kolumnen, Reportagen und Theaterstücke. Er war mehrfach als *embedded journalist* im Irak und in Afghanistan. Sein Werk erscheint in 27 Sprachen.
»Die Datei« ist der Text, der einem Experiment von Arnon Grünbergs BrainLab zugrunde lag, bei dem die Hirnströme der Leser bei der Lektüre gemessen wurden, um sie neurowissenschaftlich im Rahmen einer Studie über die Vermessbarkeit von Kreativität auszuwerten.
In den Niederlanden wurden die beiden Novellen einzeln veröffentlicht, sie erscheinen auf Deutsch zum ersten Mal versammelt in einem Band.

Der Übersetzer
Rainer Kersten, geboren 1964, übersetzt aus dem Niederländischen, u.a. Werke von Arnon Grünberg, Dimitri Verhulst und Tom Lanoye. 2015 erhielt er neben Bettina Bach den Else
dem Niederländischen.

Arnon Grünberg

Die Datei
und
Die zweite Datei

Aus dem Niederländischen
von Rainer Kersten

Kiepenheuer & Witsch

Verlag Kiepenheuer & Witsch, FSC® N001512

1. Auflage 2017

Titel der Originalausgaben
Het bestand, Het tweede bestand
© Arnon Grünberg 2015, 2017
All rights reserved
Aus dem Niederländischen von Rainer Kersten
Die Originalausgaben erschienen 2015 unter dem Titel
»Het bestand« und 2017 unter dem Titel »Het tweede bestand«
bei Nijgh & Van Ditmar, Amsterdam
© 2017, 2016, Verlag Kiepenheuer & Witsch, Köln
Alle Rechte vorbehalten. Kein Teil des Werkes darf in
irgendeiner Form (durch Fotografie, Mikrofilm oder
ein anderes Verfahren) ohne schriftliche Genehmigung
des Verlages reproduziert oder unter Verwendung
elektronischer Systeme verarbeitet, vervielfältigt oder
verbreitet werden.
Umschlaggestaltung Barbara Thoben, Köln,
nach dem Original von Studio Ron van Roon
Gesetzt aus der Adobe Caslon Pro
Satz Buch-Werkstatt GmbH, Bad Aibling
Druck und Bindung CPI books GmbH, Leck
ISBN 978-3-462-04976-3

Die Datei

With the lights out
It's less dangerous
Nirvana

Rules of the internet: #30

There are no girls on the internet

Kauen ist Meditieren. Seit gut zwölf Stunden hat Lillian, eine junge Frau mit fünf Tätowierungen, vier davon an unauffälligen Stellen, nicht mehr meditiert. Jetzt, im Auto auf dem Weg zum Bewerbungsgespräch, steckt sie sich ein Weingummi nach dem anderen in den Mund. Obwohl Frühling ist, spricht im Radio ein Mann von einem Herbststurm. In ihrer Straße ist tatsächlich ein Baum umgestürzt, die Feuerwehr musste kommen. Ein Audi war zerschmettert worden, doch ohne Insassen. Der Baum war umsonst umgestürzt. Lillian schafft es immer noch nicht, allen Menschen ein langes Leben, Gesundheit und Glück zu wünschen. Ab und zu hofft sie, dass jemand zerschmettert wird, was aber nicht heißt, dass sie sich solcher Gedanken nicht schämt. Der Mensch ist ein *work in progress*. Lillian weiß, wie viel Arbeit noch zu tun ist. Schon oft haben ihre Eltern gesagt: »So sind wir Menschen nun mal, das ist unsere Natur.« Wenn das wirklich stimmt, kann man sich genauso gut gleich von einem Wolkenkratzer stürzen. Was Lillian einmal auch ernsthaft erwogen hat, sie hatte sich auf ein Hochhaus gestellt, doch nach ein paar Minuten gedacht: Nein, lieber nicht. Es ging ein starker Wind. Sie sah sich schon unten auf dem Bürgersteig liegen. All der Dreck, all das Fleisch, das vom Boden gekratzt werden müsste, ein Kind, das ihren Sturz vielleicht versehentlich sähe und noch monatelang, möglicherweise für immer, traumatisiert wäre. Das war nicht der richtige Weg.

Heute Nacht hat sie von Zlatan Ibrahimović geträumt. In einem Gebäude, das vage an ein Gemeindezentrum erinnerte, sprach er sie an. Sie fragte sich nicht, was Zlatan Ibrahimović in einem Gemeindezentrum macht, die Leute haben ein Recht auf ihre Geheimnisse. »Kannst du mitkommen?«, hatte Zlatan gefragt, worauf sie zusammen die Treppe hinaufgingen. Da endete der Traum, den sie kurz nach dem Erwachen mithilfe einiger Stichworte in ihr Traumbuch notierte.

Der Name Zlatan gefiel ihr, darum hat sie sich vor einem Jahr sein Buch gekauft. Während einiger Monate hat sie viel mit Zlatan gesprochen, doch damit ist es jetzt vorbei.

Eine Bekannte von Lillian – sie war einmal ihre Freundin, wurde dann aber mehr und mehr die Freundin der Eltern –, die schon ein paarmal gesagt hat, sie solle langsam ihre Flausen vergessen und sich normal aufführen wie andere Leute, hat sich bereitgefunden, sie zu ihrem Bewerbungsgespräch zu fahren. Lillian hat kein Auto, dafür aber ein Rennrad, das sie kaum benutzt. Lange Zeit hielt sie sich für eine asiatische Prinzessin, und asiatische Prinzessinnen sitzen nun mal nicht auf Rennrädern. Ganz aufgegeben hat sie diesen Glauben noch nicht. Einen

Glauben gibt man auch nicht auf, höchstens verlässt einen der Glaube, öfter noch muss man ihn sich aus dem Leib reißen wie eine Zecke. Die Mongolei, die Steppen, da möchte sie gern einmal hin. Mit der Transsibirischen Eisenbahn. Das Wort »Samowar« löst Sehnsucht in ihr aus wie das Foto eines entschwundenen Geliebten. Je größer die Sehnsucht, desto stärker der Schmerz. Die Mongolei ist ihr Gelobtes Land, obwohl ihr rotes Haar eher auf irische Vorfahren schließen lässt und sie noch nie östlich von Berlin gewesen ist.

Ungestüm kauend wird ihr klar, dass sie jetzt aller Wahrscheinlichkeit nach vermutlich doch produktiv wird, genauso produktiv wie Zlatan vielleicht. Endlich ist sie so weit, eine Stelle anzunehmen. Das soll sie bei dem Bewerbungsgespräch auch sagen: »Stellen Sie mich ein. Ich bin so weit. Ich stehe bereit.«

»Du schmatzt«, sagt die Bekannte. »Lillian, du schmatzt!«

Vor zwei Wochen hat Lillian ihren Vater beerdigt. Eine heimtückische Krankheit, es war blitzschnell gegangen. Auf der Trauerfeier hat ein Kollege von ihm gesprochen, Lillian hat ein Gedicht aufgesagt und einige Erinnerungen an ihn hervorgeholt. Erst an eine Radtour, dann an die Schule, wo er unterrichtete, und zuletzt eine an einen innigen Moment vor einem Zelt irgendwo in Frankreich in einer brütend heißen Nacht, in der ihr Vater wie üblich anderthalb Flaschen Rotwein geköpft und ausführlich über seine im ersten Ansatz geknickte wissenschaftliche Karriere philosophiert hatte. Ihre Mutter wollte nichts sagen. Die Leute fanden, Lillian habe schön gesprochen. Sie habe ihn gut getroffen, auch wenn sie dem einen oder anderen zufolge bestimmte Dinge ruhig hätte weglassen können. Ein ehemaliger Schüler von ihm hatte ein Lied gesungen.

Lillians Vater war ein leidenschaftlicher Biologielehrer gewesen, der sich jedes Jahr neue Prüfungsaufgaben ausdachte, während Kollegen einfach die vom letzten oder vorletzten Jahr kopierten. Nach der Beerdigung hatte man im kleinen Kreis – die verbliebene Familie, ein paar Verwandte, drei gute Freunde und zwei ehemalige Schüler – Pfannkuchen gegessen. Im Pfannkuchenrestaurant hatte sie beschlossen, sich den Namen ihres Vaters tätowieren zu lassen, aber sie wusste noch nicht richtig, wohin. Vielleicht auf den Po, da war noch Platz. Sie hatte mal mit einer Waise gesprochen, die sich die Namen ihrer Eltern auf den Hintern hatte tätowieren lassen; links den Namen ihres Vaters, rechts den der Mutter. Als Lillian sie fragte: »Warum?«, hatte die Waise geantwortet: »Ich habe sie nie gemocht und sie mich auch nicht.«

Der Regen hat aufgehört, aber es stürmt noch immer. Lillian wirft einen Blick auf die Wolken: ein typisch niederländischer Himmel, die Steppe kommt einfach nicht näher. Einmal war sie drei Wochen in Brüssel – für einen Workshop bei einer Gruppe berühmter Anarchisten zum Thema Konsens und wie man den erreichen kann, aber nach ein paar Tagen hatte sie davon genug, und sie ließ sich das erste Tattoo stechen. Aufs linke Handgelenk. Erst sollte es in kleinen Buchstaben das Wort »Glück« werden, um nie zu vergessen, dass sie glücklich sein musste – mitunter war sie ziemlich zerstreut, ein Umstand, dem sie ihr seltenes Glücksgefühl zuschrieb, sie vergaß es einfach –, aber da fiel ihr ein, dass so ein Tattoo auch kontraproduktiv wirken könnte, und sie entschied sich stattdessen für »Schmerz«, um immer daran zu denken, dass der Schmerz überall lauert. Wie eine Ratte, allzeit bereit, zuzuschnappen, einem ein Stück Fleisch aus dem Körper zu reißen. Dieser Ratte muss man aus dem Weg gehen, doch manchmal bleibt einem nichts anderes übrig, dann muss man kämpfen. Und gekämpft hat sie. Die Ratte hat sie gebissen, und sie biss zurück, sie haben einander zerfetzt. Im Tätowierstudio wurde es am Ende jedoch nicht das Wort »Schmerz«, sondern ein chinesisches Schriftzeichen, an dessen Bedeutung sie sich nicht mehr erinnern kann. Sie war betrunken. Der Tätowierer hatte eine hypnotisierende Stimme. »Das Wort ›Schmerz‹ hat auf deinem Körper nichts zu suchen«, hatte er gesagt und ihr zu dem Schriftzeichen geraten. Während er mit seinen Nadeln zugange war, hatte er außerdem für sie gesungen.

Drei Weingummi noch, dann ist die Tüte leer. Wieder einmal hat sie nur Weingummi gefrühstückt, der Traum von Zlatan machte das notwendig. Wenn man nachts Zlatan in einem Gemeindezentrum beggenet, kann man sich am Morgen nicht einfach Obst in den Joghurt schnippeln.

Ihre besten Freunde sind virtuelle Existenzen, doch die Frau neben sich kennt sie noch aus der Grundschule. In dieser enttäuschenden, unvollkommenen und in der Regel recht hässlichen Welt, die von manchen die »Wirklichkeit« genannt wird, sind sie Bekannte geblieben.

Während sie ihren Pfannkuchen mit Äpfeln und Speck klein schnitt, hatte eine Tante gefragt: »Und, Lillian, weißt du jetzt endlich, was du vorhast?« Als hätte sie das all die Jahre nicht gewusst. Als asiatische Prinzessin namens Princess Saba, PSaba oder – für Freunde – einfach PS hatte sie unzählige Chatrooms besucht. Auch unter dem Namen P hatte sie firmiert, denn wenn ein Name nur aus einem Buchstaben besteht, können sie einen nicht googeln, und das waren nur einige der Decknamen, die sie benutzte, um ihrer Existenz Form zu geben. Eine asiatische Prinzessin im Internet war etwas Besonderes. In jener besseren Welt war man nicht determiniert, auch nicht in Fragen des Geschlechts; wenn man wollte, konnte man sich jeden Tag neu erfinden und verschiedene, sogar einander widersprechende Identitäten annehmen. Natürlich bestand die Gefahr, dass man Spuren hinterließ, doch wer ein bisschen geschickt war, konnte die Spurensucher in die Irre führen oder das Hinterlassen von Spuren vermeiden. Für diejenigen, die wirklich wollten, war die Vergangenheit Schall und Rauch.

Als Kind hatte Lillian sich lange für einen Jungen gehalten, bis sie das Licht sah und entdeckte, dass sie eine asiatische Prinzessin war, eine Prinzessin in einem ziemlich durchschnittlichen und lächerlich bleichen Mädchenkörper. Das war mit dreizehn, am 19. Juni 2003, um genau zu sein, am Hauptbahnhof von Den Haag. Mehr will sie darüber nicht verraten. Höchstens, dass sie tatsächlich Licht sah, dass ihr schwindlig wurde und jemand sie fragte: »Alles in Ordnung, Kleine? Möchtest du dich einen Moment hinsetzen?«

Am liebsten sitzt die asiatische Prinzessin an ihrem Laptop.

Dies sind die fünf Studien, die Lillian begonnen hat: Technische Informatik, Kommunikationswissenschaft, Veterinärmedizin, Psychologie sowie Luft- und Raumfahrttechnik. Irgendwann zwischen Kommunikationswissenschaft und Tiermedizin begann sie, fast nur noch online zu leben, und Luft- und Raumfahrttechnik fing sie eigentlich nur darum an, weil sie die erste asiatische Prinzessin im Weltall sein wollte, doch nach ein paar Wochen hatte sie eingesehen, dass dies für ihr Vorhaben nicht das richtige Studium war.

Im Pfannkuchenrestaurant war eine nervöse Stille eingetreten. Offenbar fragten sich noch mehr Anwesende, was Lillian jetzt vorhatte, es schien nach dem Tod ihres Vaters für alle die drängendste Frage. Sie musterte das Schriftzeichen auf ihrem Handgelenk. Die Leute brachten sie durcheinander; ihre Fragen, die Blicke, die Pausen beim Sprechen, ihre Körperlichkeit. Vor allem die. Konnte man keine Menschen ohne Körper erfinden? Das wäre für alle das Beste. Wie groß war der Anteil der Weltbevölkerung, dessen Körper den allgemein akzeptierten Maßstäben genügte? Und selbst wenn jemand eine gewisse Zufriedenheit mit seinem Körper aufbringen konnte und auf Ehre und Gewissen erklärte: »Das mir zugewiesene Exemplar genügt mir vollkommen«, wie lange hielt diese Zufriedenheit vor? Bevor man sie richtig genießen konnte, begann der Verfall. Die Geschichte des Menschen ließ sich in einem Ausdruck zusammenfassen: ein Versuch, dem eigenen Körper zu entfliehen. Wurde es nicht langsam Zeit, die einzig richtige Schlussfolgerung zu ziehen und Menschen zu schaffen, die sich nicht mehr mit einem Körper abplagen mussten? Wer den Menschen als Ideal ernst nahm, musste das Fleisch unbedingt ablehnen.

Alle starrten sie an, bis auf ihre Mutter, die ihren Pfannkuchen studierte wie eine Archäologin eine Tonscherbe, die sie soeben ausgegraben hat. Sie waren die einzigen Gäste im Restaurant.

»Ich werde arbeiten«, sagte Lillian schließlich, »eine Bewerbung hab ich schon geschrieben.« Sie hatte einen Auftrag bekommen, endlich kannte sie ihre Aufgabe. Sie war eine Frau mit einer Mission.

Aus einigen Mündern war erleichtertes Stöhnen gekommen, als erlebten Verwandte und Freunde ihres Vaters bei dieser Nachricht einen kleinen Orgasmus, und ein Onkel hatte geseufzt: »Schade, dass ich das nicht mehr erleben werde.« Danach hatte jeder seinen Pfannkuchen weitergegessen. In einer Ecke des Raums hatte sie die Ratte sitzen sehen, doch die hatte sie geschickt ignoriert.

Rules of the internet: #37

You cannot divide by zero
(just because the calculator says so)

Wenn die Gesellschaft ein Klub war, wollte Lillian jetzt doch gern dazugehören. Jahrelang hatte die Gesellschaft signalisiert, dass sie Lillian nicht wollte, und irgendwann kam die zu dem Schluss: Ich will die Gesellschaft auch nicht. Doch jetzt war sie dabei, sich zu ändern, sie konnte die Transformation förmlich spüren, sie fühlte sich wie eine Schlange, die mit erstaunlicher Leichtigkeit die alte Haut abstreift.

Banri Watanuki, ein guter Freund, vielleicht ihr bester, hatte ihr auf die Sprünge geholfen: »Bei BClever suchen sie eine Sekretärin. Deine Mission beginnt.« Später hatte er noch hinzugefügt: »Enttäusche mich nicht.«

Zwei jungenhafte Männer sitzen ihr gegenüber und schauen sie amüsiert und doch prüfend an. Hatten sie eine andere Art Bewerber erwartet? Sie hatte nicht damit gerechnet, dass gleich zwei Männer sie ausfragen würden.

Den Blick des einen Mannes, wie er sie anstarrt, die Fragen, die er meist selbst beantworten könnte, wenn er sich ihren Lebenslauf etwas gründlicher durchgelesen hätte, all das hat sie im Auto schon vor sich gesehen. Sie wusste so ziemlich, was kommen würde, obwohl sie wenig Erfahrung mit Bewerbungsgesprächen hat. Wer will, kann in die Zukunft sehen, die meisten Leute haben dazu aber keine Lust.

Lillian trägt eine Jeansjacke. Sonst zieht sie die nur an, wenn sie ein Date hat, recht selten also. Ein Bewerbungsgespräch ist natürlich auch eine Art Date. Unter der Jeansjacke trägt sie eine weiße Bluse und dazu eine schwarze Hose, die ziemlich neu ist.

Sie wird Banri Watanuki nicht enttäuschen, sie hat sich gekleidet, wie eine vierundzwanzigjährige Frau, die sich auf eine wenig spektakuläre Stelle bewirbt, das ihrer Meinung nach tut. Doch Arbeit ist Arbeit. Und Arbeit ist Leben, Arbeit ist Sinngebung, Arbeit ist Identität, Arbeit ist Glück, Arbeit ist Sex, und Arbeit ist Freundschaft, nicht unbedingt in dieser Reihenfolge, kurzum: Arbeit ist Gott; auch wer sich um eine wenig aufregende Stelle bewirbt, unternimmt also einen Versuch, sich in das System Leben zu hacken – sie wird sagen, was man von ihr erwartet, wird alles Abweichende an sich verstecken, denn das Abweichende ist oft schockierend und bedrohlich für die anderen Mitglieder der menschlichen Gesellschaft.

Lillian stellt sich vor, wie die Männer ihr gegenüber sich morgens rasieren. Wie wohl ihr Bad aussieht? Haben sie einen Badvorleger? Haben sie eine Frau oder Freundin, die eines Abends mit so einem Ding heimgekommen ist und gerufen hat: »Schatz, schau mal, was ich gekauft habe!«?

Lillians Fantasien über die Menschen sind im Grunde

nichts als Vermutungen. Ihr Vater hat einmal gesagt: »Eine Erkenntnis ist eine Vermutung, die noch nicht falsifiziert wurde. Sich an Erkenntnisse zu klammern ist auch eine Art Glaube.« Ihr Vater konnte Badvorleger übrigens nicht leiden, er behauptete, nichts sei besser, als nach dem Duschen kalten Boden unter den Füßen zu spüren. Er war überzeugter Kaltduscher.

Sie muss sich konzentrieren, darf sich von ihren Gedanken nicht verführen lassen, muss sich weiter auf diese Männer fokussieren, die auch ihre verführerischen Seiten haben, Sommersprossen und Flecken zum Beispiel. Vielleicht sind es eher Kerle als Männer, auf jeden Fall keine feinen Herren. Den einen würde sie als »Typen« bezeichnen. Ob sie sich ihre Flecken und Sommersprossen ab und zu mal genau ansehen? Vor allem im Gesicht des Typen zählt sie massenhaft Sommersprossen. Als Kind hat sie einmal versucht, ihre eigenen Sommersprossen zu zählen, bis sie davon nicht mehr schlafen konnte, aus Angst, einen Fehler gemacht zu haben. Beim Zählen war ihr zum ersten Mal der Gedanke gekommen, dass sie eine Berufene sein könnte.

Der Mensch mochte ein *work in progress* sein, viele jedoch beginnen Arbeitsverweigerung. Obwohl strikt atheistisch erzogen, hatte sie als Kind immer Nonne werden wollen; Nonnen verweigerten sich in der Regel auf diesem Gebiet nicht. Sie wollte keinen gewöhnlichen Typ als Geliebten, sie wollte Gott. Danach traten die Transsibirische Eisenbahn und die Mongolei in ihr Leben.

Wirklich ruhig wurde sie nur vom Kopfrechnen. Alle Zahlen waren mit Farben verbunden, hinter den Zahlen verbargen sich Welten, von denen ihre Schulfreundinnen offensichtlich nichts ahnten. Es dauerte Jahre, bis sie erkannte, dass es auch Leute gibt, die Zahlen nicht mit Farben assoziieren. »Stell mir eine Rechenaufgabe«, sagte sie abends beim Essen zu ihrem Vater, »schnell, ich brauche eine Aufgabe.« – »Aber du musst auch mit uns reden«, sagte ihr Vater zu ihr, »du kannst nicht den ganzen Tag immer nur kopfrechnen.« Von dem Tag an begann ihr Vater sie zu stören, wie einen ein tropfender Wasserhahn stört. Dabei: Wenn sie kopfrechnete, sprach sie, wenn sie um eine Rechenaufgabe flehte, kommunizierte sie doch! Auch liebte sie es, Seifenblasen zu machen, mindestens einmal im Monat kaufte sie ein paar Fläschchen Lauge und spielte damit auf ihrem Zimmer, das beruhigte sie ebenfalls. Manchmal hatte ihre Mutter gefragt: »Bist du dafür nicht zu alt?« Dann starrte Lillian durch sie hindurch, als wäre sie Luft. Manchmal flüsterte sie »Trulla«, aber so, dass man es nicht hörte. Mit fünfzehn hatte sie von ihrem Vater das Rennrad bekommen.

»Was interessiert dich an BClever?«, fragt der Mann mit den Sommersprossen. »Warum möchtest du hier arbeiten?«

Sie zuckt mit den Schultern und spielt mit einem Ring, den sie sich mal im Urlaub gekauft hat, dem letzten, den sie zusammen mit ihren Eltern verbrachte. Immer waren es Radurlaube. Das Leben ihres Vaters, dieses tropfenden Wasserhahns, der jetzt nicht mehr tropft, bestand aus Biologie, Radurlauben, Rotwein und Kaltduschen.

»Ihr macht etwas, das auch mich seit Langem beschäftigt. Ihr verteidigt Systeme, ihr schützt Netzwerke.«

Der Mann mit den Sommersprossen sieht sie aufmunternd an. Ist es das, was er hören will?

»Ich habe die Schwachstellen in Netzwerken gesucht. Um Leuten zu helfen natürlich. Ich bin ein white hat. Ich finde es gut, was ihr hier macht, ich finde es auch spannend. Ich möchte dazugehören.«

Der Mann mit den Sommersprossen muss lachen. Sie weiß, warum: Sie sieht nicht aus wie jemand, der Schwachstellen in Netzwerken findet, sie wirkt eher selbst wie eine: mädchenhaft, sie wird jünger geschätzt, als sie ist. Lillian hat etwas Unschuldiges.

Für Computer begann sie sich zu interessieren, als sie las, dass deren Sprache aus Nullen und Einsen besteht. Die Null war genau genommen keine Zahl, sehr wohl aber eine essenzielle Bedingung für alle anderen. Die Null faszinierte sie. Als sie in der Schule mit Bruchrechnung anfingen, hatte die Lehrerin gesagt: »Wir haben eine Torte, und die wollen wir teilen.« Was aber war »keine Torte«? Es gab eine Torte, aber die war aufgegessen, das war keine Torte, das war die Null. Oder: Wir können uns vorstellen, dass hier eine Torte ist, aber sie ist nicht da, die Torte hat uns reingelegt. Auch das ist null. Oder: Wir warten auf die Torte, aber sie ist noch nicht geliefert worden – ebenfalls null. Ihr schien überzeugend, dass die Welt aus Nullen und Einsen besteht. Der Rest war Lametta, bunter Flitter drum rum, eine Weigerung, die Gesetze der Logik anzuerkennen, eine Flucht nach vorn. Sprache war Fiktion, die Wirklichkeit beruhte auf Zahlen.

Vor langer Zeit – so kommt ihr es jetzt vor, kurz nach

dem Abitur – auf dem Gymnasium hatten sie immer gesagt: »Sie kann viel, aber sie will wenig«, und so hatte sie auch ihre Prüfungen bestanden, indem sie viel konnte und wenig wollte, das heißt: Natürlich wollte sie etwas, nur etwas anderes – vor langer Zeit also hatte sie ihr erstes Bewerbungsgespräch: für eine Stelle als Sekretärin in einem juristischen Beratungsbüro. Ein älterer Herr mit einem diskreten Ordensbändchen auf dem Revers hatte von »durchgreifen« gesprochen. Als er das Wort zum dritten Mal benutzte, sah sie ihn plötzlich vor sich, wie er von einem Bagger überrollt wurde. Wenn Bilder die Hölle sind, ist Kopfrechnen das Paradies. Sie hatte die Stelle nicht bekommen.

Lillian ist normal, und dieser Gedanke macht ihr keine Angst mehr. »Es ist nichts Besonderes an mir, ich bin wie alle, stinknormal«, hat sie morgens im Bad zu sich gesagt. Wie andere merken, dass die schwul sind oder lesbisch, so hat sie gemerkt, dass sie normal ist. Lange fragte sie sich, ob sie es wirklich ist oder nur so tut, doch zuletzt kam die Erkenntnis: Sie ist es tatsächlich, jedenfalls hat sie großes Talent dazu.

»Eines Tages lernst du, dich ins Unvermeidliche zu schicken, und dieses Dreinschicken heißt Realitätssinn«, hat die Bekannte, die sie hierhergefahren hat, schon öfter gesagt. Immer wieder hat sie betont, wie gut es ist, dass Lillian diesen Schritt tut, immer wieder das Wort »Realitätssinn«, als habe sie Angst, Lillian könnte plötzlich erwidern: »Ich lass das Bewerbungsgespräch sausen, fahr mich wieder nach Hause.«

Lillian ist daheim wohnen geblieben, bis auf die drei Wochen Brüssel. Seit ihrer Rückkehr lebte sie in Chatrooms, auf Imageboards, in den Systemen anderer Leute, ihr war egal, wo ihr vorübergehender Körper biwakierte. Ihre Mutter hat einmal gefragt: »Wird es nicht langsam Zeit, dass du aus dem Haus gehst?« Und ihr Vater hatte hinzugefügt: »Wir werden Kostgeld verlangen.« Das Kostgeld hatte nichts genutzt, Vater und Mutter hatten es auch nie eingetrieben. Mit vierundzwanzig wohnte sie noch immer im Kinderzimmer bei ihren Eltern, denen es insgeheim vielleicht ganz gut gefiel, dass ihr einziges Kind noch bei ihnen blieb. Leben war ein endloser Versuch, die Jugend in die Länge zu ziehen.

Eine Weile hatte sie als Kellnerin in einem thailändischen Restaurant in Den Haag gearbeitet. Ein Cousin ihres Vaters war mit einer Thailänderin verheiratet, deren Schwester das Restaurant betrieb. Dort bekam sie die Stelle, und das Kellnern machte ihr sogar ziemlichen Spaß, sie beobachtete die Leute beim Essen wie ihr Vater seine geliebten Ameisen – Ameisen waren sein Hobby, alles andere war Arbeit –, bis sie merkte, dass ihre Eltern den Besitzern Geld dafür gaben, dass sie sie in ihrem Restaurant beschäftigten. Was wie Arbeit aussah, war in Wirklichkeit Beschäftigungstherapie, und vom einen Tag auf den anderen warf sie den Job hin. »Hört auf, mich zu manipulieren«, sagte sie zu ihren Eltern, »so ein Social Engineering kriegt ihr doch nicht hin.« Ihre Eltern lebten in Blasen, ihr Vater in seiner halbwissenschaftlichen aus Biologie auf Mittel- und Oberstufenniveau, ihre Mutter in der namens »Anderen helfen«. Die Mutter war Sozialarbeiterin. Die meisten ihrer Klienten waren Junkies, und ein paar verwirrte und traumatisierte Alte hatte sie auch noch. Ihre Eltern sahen die Wirklichkeit nicht, sie sahen nichts. Was sie sahen, war null, eine Torte, die bestellt, doch aus unerfindlichen Gründen nie geliefert worden war. Was sie sah an dem Tag, als sie zu ihren Eltern sagte, sie sollten das mit dem Social Engineering lassen, tat weh: zwei hart arbeitende, sogar ziemlich intelligente Leute, die von ihrer einzigen Tochter entlarvt wurden.

Mitleid jedoch konnte sie sich nicht leisten; wer den Menschen verbessern will, kann kein Mitleid gebrauchen, denn das Mitleid sagt: »So seid ihr nun mal, da lässt sich nichts ändern.« Das Mitleid sagt: »An euch lässt sich nichts optimieren.« Mitleid ist ein anderes Wort für Aufgeben, Defätismus; wo das Mitleid beginnt, beginnt die Kapitulation.

An dem Tag, als ihr Vater ins Krankenhaus kam, schrieb Lillian ihre Bewerbung an BClever. Das Credo der Firma lautete: »Your Security Is Our Business.« Sie hatte nur einen Teil ihrer Fähigkeiten genannt. Die anderen könnten gegen sie verwandt werden. Mit siebzehn war sie einmal festgenommen worden, aber es war zu keiner Verurteilung gekommen. Auf Twitter hatte sie damit gedroht, ihre Schule in die Luft zu sprengen. Sie war neugierig gewesen, ob man ihre Tweets ernst nähme, wann die Polizei einschreiten würde. Danach wurde sie vorsichtiger. Ihren Twitter-Account hatte sie gelöscht. »Mit dieser Sache kannst du Probleme bekommen, wenn du später mal einen

Job suchst«, hatte der Polizeibeamte gesagt. Lillian ging in den Untergrund.

»Es ist wirklich ein reiner Sekretärinnenposten«, erklärt der Mann mit den Sommersprossen, »es hat nichts mit Netzwerken zu tun, mit Programmieren oder Nach-Schwachstellen-Suchen, möglicherweise wird es dich enttäuschen, vielleicht sogar langweilen. Denk darüber nach.«

»Kein Problem«, erwidert sie, »ich habe gesehen, was ihr macht, und ich weiß, wie ihr angefangen habt: Ihr wart ganz gewöhnliche Hacker. Das finde ich cool, ich find BClever eine coole Firma.«

Das Lächeln auf den Gesichtern der Herren wird breit. Das hören sie gern, vor allem aus ihrem Mund. Die asiatische Prinzessin findet ihr Unternehmen cool. Wenn sie heute Abend nach Hause fahren, mit dem Hund Gassi gehen und über ihren Tag nachdenken, können sie zufrieden sein. Sie haben Millionen an Risikokapital eingenommen, bei fast allen Staatsinstitutionen sorgen sie für die IT-Sicherheit, aber noch nie haben sie von einer asiatischen Prinzessin zu hören bekommen, sie seien eine coole Firma. Irgendwo tief im Inneren denken sie bestimmt: Dafür tun wir es.

Sie hätte gern freundlichere Gedanken, bessere, Gedanken, von denen man sagt »Ja, so soll Denken sein«. Die schrecklichsten Gedanken sind die verführerischsten. Immer wieder denkt sie, gegen ihren Willen, dass die Menschen bestraft werden müssen. Wenn der Mensch die Abweichung vom Ideal ist, kommt man mit Liebe nicht weiter, dann müssen Sanktionen erfolgen. Das verbotene Denken fasziniert sie.

»Und Hobbys?«, fragt der Mann mit den Sommersprossen. »Hast du auch Hobbys?«

»Hobbys«, antwortet sie, »ich mag Anime – japanische Animationsfilme. Manga. *Chihiros Reise ins Zauberland* habe ich mindestens fünfzig Mal gesehen.«

Ob *Chihiros Reise* den Männern etwas sagt? Sie schauen sie lächelnd an, doch jetzt auch ein bisschen dumpf. Dann sagt der Kerl ohne Sommersprossen, dafür aber mit ein paar mächtigen Muttermalen, der bisher noch so gut wie gar nichts gesagt hat: »Wir wollen nicht zu groß werden, wir wollen jeden Mitarbeiter persönlich kennen. Wir wollen die Besten sein, nicht die Größten.«

»Das gefällt mir«, erwidert Lillian.

Er nickt, als habe er gewusst, dass ihr das gefallen würde. »Auch für diese Stelle müssen wir natürlich einen Background-Check durchführen«, fährt er fort.

»Was bedeutet das eigentlich?«, fragte der Mann mit den Sommersprossen. »Was du da hast?« Er zeigt auf ihr Handgelenk.

Dass man ein chinesisches Schriftzeichen auf dem Körper trägt, dessen Bedeutung man nicht einmal kennt, macht einen schlechten Eindruck, darum sagt sie schnell: »Hoffnung.«

Die Männer nicken. Eine asiatische Prinzessin hat Hoffnung und bringt welche, doch Hoffnung allein ist für die Männer offenbar nicht genug. »Warum bist du nicht auf LinkedIn oder auf Facebook?«, will der Mann ohne Sommersprossen wissen.

Alberne Frage, denkt Lillian. Sie antwortet: »Keine Zeit.«

Rules of the internet: #31

Tits or gtfo, the choice is yours

Axel ruft sie persönlich an, um ihr zu sagen, dass sie es geworden ist. Sie vermutet, er ist der Mann mit den Sommersprossen. »Wir sind eine unkonventionelle Firma und stellen gern unkonventionelle Menschen ein«, erklärt er. Sie hört ein Echo, als liege er in der Wanne oder befinde sich sonst wie in einem gekachelten Raum. Vielleicht ruft er die weniger wichtigen Bewerber zwecks Zeitersparnis von der Toilette aus an.

Sie freut sich, doch offenbar zeigt sie das nicht genug, denn Axel fragt: »Freust du dich nicht?«

»Doch«, sagt sie, »sehr.« Sie ist froh. Teil eins ihrer Mission ist gelungen, auch wenn es sie stört, dass sie unter »unkonventionelle Menschen« eingeordnet wird – ein anderer Name wahrscheinlich für »kreativ«. Kreative Menschen sind Leute, die nicht rechnen können, die die Schönheit der Zahlen nicht erkennen, das Wunder der Unendlichkeit verpasst haben. Kreativität ist eine kleine Macke, die toleriert wird, ein kreativer Mensch ist ein verhinderter Störer der Ordnung, ein Unruhestifter, der seine

Ohrnummer frohgemut akzeptiert hat. Was Lillian auch immer sein will, auf jeden Fall nicht kreativ. Absolut nie.

Axel fügt hinzu, dass sie nur noch den Background-Check abwarten müssen, der vom nationalen Geheimdienst durchgeführt wird; eine Formalität, sobald die erledigt sei, könne sie anfangen.

Als er aufgelegt hat, geht sie ins Internet, um zu sehen, ob Banri Watanuki auch da ist. Das ist er, wo sollte er sonst sein? »Angenommen!«, schreibt sie.

Banri beglückwünscht sie. Wo er wohnt, weiß sie nicht, er hat einmal angedeutet, in einer anderen Zeitzone, aber das könnte natürlich auch nur vorübergehend gewesen sein. Wie alt er ist, weiß sie ebenso wenig, sie ist sich nicht mal hundert Prozent sicher, ob er ein Mann ist, manchmal denkt sie, er habe sich umbauen lassen, aber das ist unwichtig, denn er liebt sie, wie noch kein Mensch sie jemals geliebt hat. Niederländer ist er wahrscheinlich schon. Man braucht Menschen nicht zu begegnen, um ihre Liebe zu empfinden, ihre warmen Hände nicht auf dem Körper zu spüren, um sich erregt zu fühlen. »Hab's doch gesagt«, schreibt Banri, »jetzt bist du drin!«

»Oder fast«, antwortet Lillian. »Bist du stolz auf mich?«

Es bleibt still.

»Bist du stolz auf mich, Banri?«, fragt sie noch einmal. Keine Antwort. Banri ist fast immer online, doch auf manche Fragen antwortet er nicht. Man soll den Meister auch nicht fragen, ob er stolz auf einen ist, das ist Hochmut, der Meister will, dass man seinen Stolz nicht braucht.

Sie loggt sich aus, geht in die Küche und macht sich

einen Obstsalat. Seit sie Banri kennt, lebt sie von Obst und Gemüse, vorzugsweise als Rohkost. Er hat sie auf die Bedeutung gesunder Ernährung hingewiesen. Das hatten ihre Eltern auch schon probiert, aber ihre Argumente waren nicht überzeugend gewesen. Sie denkt an die Monate, Jahre vor und nach Brüssel, in denen sie kaum aus ihrem Dachzimmer kam, an ihrem Laptop saß und Paprikachips aß. Schlafen tat sie so wenig wie möglich. Ungefähr zwölf Stunden am Tag war sie online, ihre Diät bestand aus Wasser und Chips, manchmal trank sie Tomatensaft mit viel Tabasco, gegen den schlechten Geschmack. Wenn das nichts nutzte, nahm sie einen großen Schluck Mundwasser und bewegte das so lange zwischen den Zähnen hin und her, bis es zu brennen begann. Danach fühlte sie sich wie neugeboren. Sie hatte mal von einem Gamer gehört, der Windeln trug, um ohne lästige Klobesuche spielen zu können, doch so weit ging sie nicht. Sie benutzte ganz normal die Toilette. Außerdem gamete sie nicht. Sie suchte nach Schwachstellen in Systemen, versuchte, in sie einzudringen, aber nicht zum Vergnügen, obwohl es immer wieder ein Sieg war, wenn sie die Sicherheitslücke gefunden, den Konstruktionsfehler entdeckt hatte – kein System war perfekt, höchstens das göttliche –, und wenn man erst einmal drin war, konnte man sich mit etwas Glück wochen-, manchmal monatelang dort aufhalten, ohne entdeckt zu werden.

Um die Geheimnisse anderer Leute ging es ihr dabei nicht; diejenigen, die behaupteten, nichts zu verbergen zu haben, hatten in der Regel recht, oft war die Banalität ihrer

Mitteilungen schlichtweg zum Heulen; Lillian ging es vielmehr um die Feinde: die Metzger, die Fleischindustrie, die Pädophilen, das Außenministerium, um nur ein paar ihrer Feinde zu nennen. Lillian war ein Kind der Revolution, doch nicht der des achtzehnten, neunzehnten oder zwanzigsten Jahrhunderts; die Revolution des einundzwanzigsten Jahrhunderts brauchte keine Massen, die auf die Straße gingen, sie wurde getragen von Einzelnen, einer kleinen Vorhut von Anarchisten, die Gewalt ablehnten. Unruhestiftern, die erkannt hatten, dass der einzig akzeptable Grund, die Ordnung zu stören, der Wille zum Lachen war. Alle anderen Gründe hielten die Ordnung letztendlich aufrecht. In ihrer Paprikachips-Zeit arbeitete sie mit CyberChe und Pssdoff zusammen. Und Almond, der war auch immer dabei.

Angefangen hatte es mit Kühen und Schweinen. Seit sie mit zwölf Jahren Reportagen über Schlachthäuser gesehen hatte, in denen Kühe und Schweine zur Exekution getrieben wurden, war sie zum Kummer ihrer Eltern überzeugte Vegetarierin geworden. Vielleicht fängt es damit immer an: mit Tieren, mit Fleisch und Knochen, der Transformation des Lebendigen in etwas Lebloses – und umgekehrt.

Fünf Tage vor ihrem siebzehnten Geburtstag, am 19. März 2007, einem Montag, von dem sie fand, dass es an ihm nichts zu feiern gebe, hatte sie in einem Chatroom einen Mann kennengelernt, mit dem sie sich eine Weile über die Verbrechen der Massentierhaltung unterhalten hatte. Sie hatten Clips über Schlachthäuser und Tiertransporte geteilt. Es war ein gutes Gespräch gewesen, es ist immer schön, auf Gesinnungsgenossen zu stoßen. Er wollte wissen, wie lange sie sich schon mit dem Thema beschäftigte und ob sie schon mal Tiere befreit hätte. Das hatte sie nicht. Sie aß kein Fleisch, trug kein Leder, aber zum Aktivismus, zum Befreien der Millionen Opfer der Schlachtindustrie, war sie noch nicht übergegangen. Der Mann – er hieß Hans – behauptete, Tiere aus einem Laboratorium befreit zu haben. Schon mindestens vier Mal. Kleine Tiere allerdings, hauptsächlich Mäuse. Gerettet aus den Klauen der sogenannten Wissenschaft, die im Namen ihrer Experimente nicht die geringste Moral an den Tag legte. Einer Wissenschaft, die behauptete, unabhängig und wertfrei zu sein, doch in Wirklichkeit nur der bestehenden Ordnung diente und letztlich nur danach beurteilt wurde, ob sie die bestehende Ordnung auch genug stützte. Kein Fleisch essen war möglicherweise nicht genug, vielleicht musste man die Tiere tatsächlich aktiv retten. Wie dieser Mann es offenbar tat. Aktive Rettung unschuldiger Opfer.

Und während sie an ihrem Rechner saß, eine Tüte Paprikachips auf dem Schoß, hatte er gefragt, ob sie ihm beim Befreien der Tiere nicht helfen wollte. Sie war sich nicht sicher, sie blieb am liebsten so nahe wie möglich bei ihrem Laptop. »Ich weiß nicht«, antwortete sie, »ist es viel Arbeit?«

»Wenn man es gut vorbereitet, ist es im Handumdrehen geritzt«, hatte er zurückgeschrieben und auch gleich gefragt, wo sie wohnte.

»Region Holland und Utrecht«, tippte sie.

Das Fett der Paprikachips hatte sich an ihrem Hintern

festgesetzt. Nirgends sonst, nicht am Bauch, nicht an den Schenkeln, nicht am Hals, nur am Hintern, und je fetter der wurde, desto mehr saß sie am Computer, denn dort konnte man ihren Hintern nicht sehen. Wenn sie zur Schule musste, trug sie lange Westen, lange Pullover oder lange T-Shirts, um nur ja immer ihren Hintern zu bedecken.

»Ich weiß nicht so recht, ob ich will«, tippte sie, »das heißt, ich möchte schon, aber ich weiß nicht, ob das der richtige Weg ist.« Intuitiv hatte sie erkannt, dass die Welt nur dann wirklich verbessert werden könnte, wenn jeder an seinem Rechner sitzen blieb. Es war dieses schreckliche archaische Bedürfnis des Menschen, den Bildschirm zu verlassen, der für all die Probleme sorgte und das immer tun würde.

Hans war enttäuscht. »Ich soll das also allein machen, was bist du für eine Vegetarierin?«, schleuderte er ihr entgegen, und dann kam das Jammern. »Du lässt uns im Stich«, schrieb er. Worauf das »uns« sich bezog, war ihr unklar, offenbar war er Mitglied irgendeiner Organisation. Mit Organisationen wollte sie nichts zu tun haben, mit Zahlen war man am besten allein, allein mit den Berechnungen und Rätseln. Manchmal nahm sie eine Stoppuhr zu Hilfe, wenn sie, Paprikachips zwischen den Zähnen, mit dem Kopfrechnen anfing. Die Schönheit des Kopfrechnens, das Erregende, lag in der Geschwindigkeit.

Nach dem Jammern kam die Wut. »Ich weiß, wo du wohnst«, schrieb Hans, »ich weiß, wie du heißt, auf welche Schule du gehst, ich hab deine Login-Daten.«

»Verpiss dich«, antwortete sie.

Sie riss eine neue Tüte Paprikachips auf.

Doch Hans verpisste sich nicht. Er blieb und blieb wütend, weil sie nicht zusammen mit ihm Mäuse und andere Kleintiere retten wollte, immer wütender wurde er. Es begann mit harmlosen, fast lustigen Drohungen, doch bald wurden die weniger harmlos, und zuletzt drohte er, ihr das Leben zur Hölle zu machen, das sei eine seiner leichtesten Übungen, es koste ihn nur ein Fingerschnippen, er habe das schon öfter getan. Vielleicht war das seine Spezialität: Unwilligen das Leben zur Hölle machen.

Von Schweinen, Kühen und Mäusen in Laboratorien war jetzt nicht mehr die Rede, die lebten natürlich ohnehin in der Hölle. Nur für eine speziell auf die asiatische Prinzessin zugeschnittene Unterwelt schien dieser Hans sich jetzt noch zu interessieren. Doch ein Spiel ist kein Spiel, wenn es keinen Ausweg gibt, und Hans, der noch eben behauptet hatte, wegen des an den Kühen begangenen Unrechts nicht schlafen zu können, bot Lillian einen Ausweg an. Er zeigte sich von seiner sanften, spielerischen Seite: Hier bauen wir eine Hölle, dort zeigen wir einen kleinen Ausweg. »Wenn du mir ein Nacktfoto schickst, werde ich nichts unternehmen, dann lass ich dich gehen«, schrieb er.

Sie dachte an ihren Hintern und die Paprikachips und dann an Kühe, die aufs Schlachthaus warten. Sie riechen den Tod, aber sie bleiben in Reih und Glied stehen. Dann dachte sie wieder an Hans. Weiße Labormäuse mit roten Augen in einem Käfig waren der Weg, das Nacktfoto war das Ziel.

Sie begann, krampfhaft zu kopfrechnen, in ihrer Verzweiflung richtete sie sich an ein paar Zahlen, die sie mochte und denen sie außergewöhnliche Kräfte zuschrieb. Die Menschen hatten Gott in der Sprache gesucht, in Worten, sie hatten über ihn geschrieben, doch Lillian war davon überzeugt, dass Gott dort nicht zu finden war und man nicht über ihn schreiben konnte. Er war eine Zahl oder besser gesagt: eine Formel, man konnte ihn höchstens errechnen.

Da hatte sie sich ein Nacktfoto aus dem Internet heruntergeladen und es ihm geschickt, doch der Tieraktivist, der sich blitzschnell in einen leidenschaftlichen Fan von Intimdarstellungen verwandelt hatte, antwortete: »Das bist du nicht. Schick mir ein Nacktfoto, du Schlampe, oder ich mach dir das Leben zur Hölle.«

Ein Nacktfoto, um der Hölle zu entgehen, alles in allem war das kein schlechter Deal. Kühen wäre es bestimmt ein Nacktfoto wert, dem Schlachthaus zu entrinnen. War sie besser als eine Kuh? Ihr Hintern sah auf jeden Fall so aus. Wenn sie eine Kuh war, und vieles deutete darauf hin, nachts eine asiatische Prinzessin, tagsüber eine Kuh, dann konnte der Tausch auf jeden Fall nicht schaden. Sie schloss ihr Zimmer ab, denn ihre Eltern hatten die unangenehme Gewohnheit, ohne Anklopfen einzutreten, um ihr die Bedeutung gesunder Ernährung zu predigen und ihre Gedanken auf die weite Welt, die außerhalb ihres Bildschirms angeblich existierte, zu lenken. Sie zog ihr T-Shirt aus, setzte sich vor die Webcam, streckte die Zunge heraus und machte das Foto.

Hans, der Befreier der Mäuse, war immer noch nicht zufrieden. »Du hast keine Titten, von dem Foto hier hab ich nichts, ich will deine Möse sehen.« Das Leiden der Tiere schien vergessen, die Experimente, der furchtbare Transport in die Schlachthäuser, bei dem manches Tier platt gedrückt wird, der Neoliberalismus, der lebendige Wesen auf Ameisen reduziert (»heute die Kühe, morgen sind wir es«, hatte Hans früher am Abend noch geschrieben). Das war ihm jetzt alles egal, gebannt von etwas, wovon er – Lillian zufolge – echt nicht gebannt zu sein brauchte. Alle Frauen hatten das, und ihre fiel nicht mal unter die Kategorie »außergewöhnlich schön«. Ihr Status als asiatische Prinzessin zeigte sich in anderen Dingen.

Der Weg aus der Hölle jedoch, den sie schon zur Hälfte bewandelt hatte, war noch nicht zu Ende, sie musste noch ein paar Hundert Meter zurücklegen. Sie zog ihre Jeans aus, legte ihren Slip ab, ein Ding, das ihre Mutter noch für sie gekauft hatte, und spreizte die Beine. Bevor sie das Foto aufnahm, musste sie wieder an ihren Kuhhintern denken, und auf den Bauch schrieb sie sich mit Filzstift: »Kuh«. Ihr Nabel war mitten im »u«. Dann machte sie das Foto, schickte es ihm und stürzte sich unmittelbar ins Kopfrechnen. Während sie ihre Zahlenberechnungen durchführte, begann sie zu brüllen. Wie eine Kuh. Sie konnte kopfrechnen und gleichzeitig muhen. Sie konnte fast alles, während sie kopfrechnete, sie hatte es noch nie probiert, aber wahrscheinlich könnte sie während des Kopfrechnens auch Sex haben. Sie muhte, während sie in ihrem kleinen Dachzimmer, wo es nach Schweiß und Paprikachips roch, kopfrechnete, und irgendwann hörte sie, wie ihre Eltern an die Tür klopften und riefen: »Lillian, ist alles in Ordnung? Können wir irgendwas für dich tun?«

Das war das letzte Mal, dass sie mit ihrer eigenen IP-Adresse ins Internet ging.

Rules of the internet: #38

No real limits of any kind apply here – not even the sky

Die halbe Nacht war sie an ihrem Rechner sitzen geblieben. Paprikachips hatte sie noch genug, sie hatte einen Geheimvorrat unter dem Bett angelegt. Mindestens eine Stunde waren ihre Eltern vor ihrem Zimmer stehen geblieben, sie hatten geklopft, sie hatten gefleht und gedroht – wenn auch nicht mit der Hölle, ihr Vater war Agnostiker –, und sie hatte zuerst noch gemuht, weil sie das Gefühl hatte, sich dadurch besser konzentrieren zu können, muhend ging das Kopfrechnen besser, die Zahlen schienen irgendwie intensiver. Doch nach einer Weile tat ihr der Hals weh. Ihre Mutter hatte sich zu dem Zeitpunkt schon schlafen gelegt, doch der Vater stand immer noch vor der Tür. »Willst du uns etwas sagen?«, hatte er immer wieder gerufen. »Lillian, willst du uns etwas sagen?«

Lillian wollte den Eltern nichts sagen, sie wollte wissen, wer Hans war, wo er wohnte, womit er sein Geld verdiente, wie er aussah. Sie wollte Rache, ihn eliminieren, wie im Videospiel einen Gegner. Vielleicht auch wie im Schlachthaus eine Kuh, obwohl sie Hans nicht essen wollte.

Gegen fünf Uhr löschte sie das Licht. In der Küche begegnete sie am nächsten Morgen ihrem Vater, er sah aus, als hätte er die ganze Nacht nicht geschlafen. Er sagte nichts, lief mit einem Blatt Prüfungsaufgaben herum, die er vielleicht in der Nacht vor ihrem Zimmer entworfen hatte.

Sie duschte, auf ihrem Bauch stand immer noch das Wort »Kuh«, wenn auch nicht mehr so leserlich. Langsam verblasste es.

Lillian fuhr mit dem Fahrrad zur Schule. In einem der Flure begegnete sie wieder ihrem Vater, er hatte die Prüfungsaufgaben in der Hand und sah durch sie hindurch – in der Schule tat er immer, als sei sie nicht seine Tochter, sondern irgendeine Schülerin, deren Name ihm gerade nicht einfiel. So sehr wollte er offenbar den Eindruck vermeiden, er zöge seine Tochter vor, dass er sicherheitshalber gleich tat, als würde er sie gar nicht wahrnehmen.

In der Nacht saß sie wieder am Rechner und suchte Hans wie einen sehnsüchtig vermissten Geliebten. Was sie ihm – und sich – am wenigsten verzeihen konnte, waren die Gespräche über die Tierversuche, die Mäuse in den Laboratorien, die Clips, die sie miteinander getauscht hatten, das Vertrauen, das er gewonnen und auf einen Schlag wieder vernichtet hatte, geschlachtet, um im Bild zu bleiben. Um sich ein wenig zu verwöhnen, hatte sie sich vier Tüten Erdnusswürmchen gekauft.

Kurz vor Mitternacht wurde wieder an die Tür geklopft, und das, obwohl sie nicht mal gemuht hatte. Sie kam hinter ihrem Laptop hervor und öffnete die Tür – so schnell, dass ihre Eltern sie erschrocken anblickten. In was für einer Welt lebten diese Leute? Was wollten sie hier? Schließlich aßen sie Fleisch, und nicht ein-, sondern mindestens zwei-, dreimal die Woche. Ohne sich dafür zu schämen. »Uns schmeckt's«, hatte ihr Vater letztens gesagt, »und wir kaufen's beim Bio-Metzger.«

Manchmal fragte sie sich, wie ein intelligentes Kind so dumme Eltern haben konnte. Wie kam so was? Was für eine Erklärung gab es dafür? War das die Evolution?

»Dreh dich um«, sagte sie zu ihrer Mutter.

»Wie bitte?«, fragte die.

»Dreh dich um«, wiederholte Lillian.

Die Mutter tat es. Lillian ging in die Hocke. »Ich seh's«, sagte sie, »du hast auch einen Kuhhintern. Da brauch ich mich nicht zu wundern!«

Dann machte sie blitzschnell die Tür zu und drehte den Schlüssel im Schloss. »Lillian«, rief ihr Vater, »sollen wir Hilfe holen? Brauchst du Hilfe?«

Wenn sie etwas nicht brauchte und verabscheute, dann war das Hilfe, und wenn etwas an ihrer Mutter sie anekelte – außer der Tatsache, dass sie ihr den Kuhhintern vererbt hatte und es also nicht an den Paprikachips lag, wie ihre Eltern behaupteten –, dann, dass sie Sozialarbeiterin war. Wenn man die Menschen abgrundtief hasste und obendrein noch verachtete, aus Gott weiß welchem Grund, dann wurde man Sozialarbeiter.

Sie schaltete Musik aus Animationsfilmen ein, die sie auf YouTube gefunden hatte, und suchte weiter nach Hans. Im Hintergrund riefen ihre Eltern immer wieder ihren

Namen, das Angebot, Hilfe zu holen, wurde in einem fort wiederholt. Für einen Moment bekam sie Mitleid mit ihnen, doch sie wusste, dass sie jetzt stark bleiben musste. Mitgefühl war der Feind des Verstandes. Nicht aus Mitleid mit Kühen und Lämmern aß sie kein Fleisch, sondern weil sie erkannt hatte, weil die Logik der Zahlen und der Unendlichkeit sie hatten begreifen lassen, dass es schlecht war, schlecht und verderblich, nichts anderes als Raubmord.

In den frühen Morgenstunden kam sie über ein Forum in Kontakt mit einer Gruppe von Hackern: mit Almond, CyberChe und Pssdoff. Sie erzählte von Hans und der Fleischindustrie, und CyberChe postete prompt: »Dem Pädo werden wir's zeigen!« Pssdoff fügte hinzu: »Ich mache mit!« Am nächsten Abend hatten sie ihn: einen Mann aus Oosterhout, vierundvierzig Jahre, verheiratet, zwei Kinder, Beamter bei der Stadtverwaltung von Breda. Das Wort »Kuh« auf ihrem Bauch war inzwischen nicht mehr zu sehen.

»Jetzt wird's lustig«, sagten ihre neuen Freunde, doch die Aussicht auf Spaß bedeutete ihr nichts, ihr ging es um die Wiederherstellung ihrer Ehre. Um Gerechtigkeit. Lillians neue Freunde sagten, das könnten sie für sie regeln. Was für den einen Genugtuung und Rache war, war für den anderen Spaß, doch Lillian wollte die Sache selbst in die Hand nehmen, wenigstens wollte sie daran beteiligt werden. Die Freunde gaben ihr Instruktionen, die hatte sie aber kaum nötig.

Sie ging in einen Chatroom, wo der Beamte sich öfter herumtrieb und wo sie sich in die dreizehnjährige Susu verwandelte. Was hatten die Leute nur gemacht, bevor es Internet gab? Wie kamen sie zu ihrem sexuellen Vergnügen? Damals waren sie noch nicht voll entwickelt, so viel stand fest, der Mensch ohne Internet ist ein unvollständiges Tier. Der Beamte aus Oosterhout strebte nach Vollständigkeit, wenn auch einer der besonderen Sorte.

»Mir ist langweilig«, schrieb die dreizehnjährige Susu.

Der Beamte langweilte sich auch. Der Typ hatte eine Frau und zwei Kinder, und am Wochenende spielte er Fußball im Verein – dank ihrer neuen Freunde wusste sie schon fast alles über ihn und würde noch mehr erfahren –, und trotzdem langweilte er sich. Weil sie beide sich langweilten, öffneten sie eine eigene Chatbox, damit sie ungestört reden konnten, denn Langeweile ist der Feind des Menschen. Krieg war zweifellos schlimm, aber Langeweile war schlimmer, vor allem, weil sich niemand mehr einen Krieg vorstellen konnte, für Lillian war Krieg ein Dinosaurier: hundertprozentig ausgestorben. In ihrem Weltteil zumindest.

Lillians Mitstreiter verfolgten den Chat zwischen Susu und Hans, dem Beamten aus Breda, und sie lachten. Hätte man es hören können, ihr Lachen wäre ohrenbetäubend gewesen. »HAHAHAHAHA«, schrieb Almond, »der Dreckskerl langweilt sich, das müssen wir ändern.«

Hans hatte behauptet, er hätte Mäuse befreit, jetzt war er selbst ein hilfloses Mäuschen, er saß in seinem Käfig und ahnte es nicht einmal, wahrscheinlich würde er niemals herauskriegen, dass das Experiment längst schon begonnen hatte, als er den ersten Wissenschaftler roch.

»Wie alt bist du?«, wollte er wissen.

»Geht dich nichts an«, antwortete Susu.

Sie wartete einen Moment, dann tippte sie: »Wie alt bist du? Dann sag ich, wie alt ICH bin.«

»Bin fast in seinem Facebook-Account«, schrieb Cyber-Che. »Noch einen Moment und seine Seite gehört uns.«

»22«, tippte der Beamte. Und sie antwortete: »Ich 13.« Sie hatte eine künstliche Persönlichkeit aus sich erschaffen und Susu genannt, und diese Persönlichkeit würde für immer in diesem Chatroom herumirren. Für immer dreizehn, schüchtern und doch schon ein bisschen verdorben, und sei es nur darum, weil das Leben eine verdorbene Angelegenheit war. Diese Susu war wie geschaffen, alle männlichen Erwartungen zu erfüllen. Ihre Jugend war ihr Aushängeschild, Schalkhaftigkeit ihr Markenzeichen.

»Hast du einen Freund?«, wollte Hans wissen.

Er zeigte Interesse, weil er sich langweilte, weil er ein Dreckskerl, weil er der Feind war, ein pathologischer Lügner, weil er Susu wollte, während seine Frau im Wohnzimmer vor dem Fernseher saß und die Kinder schliefen, darum hatte er sich in sein Arbeitszimmer verzogen und war jetzt heiß auf Susu. Was für eine Ausrede hatte er seiner Frau gegenüber wohl benutzt? »Ich regel noch kurz was für den Verein. Die Mitgliederkartei ist nicht mehr aktuell, ich muss die neuen Namen eintragen«?

Online nannte er sich Hans, in Wirklichkeit hieß er Ton. Ton! Wie fantasielos war das denn?

»Hast du eine Freundin?«, tippte die dreizehnjährige Susu.

»Nicht richtig«, schrieb Hans zurück, »aber beantworte meine Frage: Hast du einen Freund oder nicht?« Und während er ganz aufgeilt tippte, betrachtete Lillian die Facebook-Seite von Ton. Sie sah Fotos von seiner Frau, seinen zwei Kindern, einem Griechenlandurlaub, seinem Haus mit eigenem Pool. Eine glückliche Familie. Ein Foto von Ton mit ein paar Freunden bei einem Spiel des NAC Breda, er hatte eine Dauerkarte. Manchmal aber wurde aus Ton Hans, und dann genügte ihm die Familie nicht mehr, dann waren der NAC und die Tiere vergessen, dann zeigte er sein wahres Gesicht, das vielleicht das wahre Gesicht der Welt war, des männlichen Teils jedenfalls, der Männer, die taub waren für die Zahlen und ihre glasklare Sprache.

»Steckst du dir manchmal einen Finger in die Mumu?«, wollte Hans wissen. Er kam zur Sache. Natürlich musste er morgen früh raus, um rechtzeitig auf dem Rathaus zu sein, zu lang durfte es nicht mehr dauern. Jetzt ging es ums Wesentliche: den Finger, die Mumu.

»Was soll ich antworten?«, fragte Lillian ihre neuen Freunde. Sicherheitshalber.

»Schreib: ›Nur meinen kleinen‹«, antwortete Pssdoff. Und Almond tippte: »HAHAHAHA, wenn er das glaubt, hat er den IQ eines Regenwurms.«

»Nur meinen kleinen«, schrieb Susu zurück.

»Ich sehe deinen kleinen Finger«, schrieb Hans, der für ihren kleinen Finger jetzt offenbar genauso viel Leidenschaft aufbringen konnte wie vorher für das Unrecht an Tieren, »direkt vor mir. Benutzt du Nagellack?«

Der Mensch braucht Bilder. Hans behauptete, Susus kleinen Finger zu sehen, aber er sah ihn nur blass; er begnügte sich nicht mit der bloßen Idee, er wollte einen lebendigen Finger, aus Fleisch und Blut, ein Detail war ihm schon genug, den kleinen Finger lebendig vor Augen zu sehen. Lebendige Finger erregten ihn, abstrakte nutzten ihm nichts.

»Yep.«

»Welche Farbe?«

Almonds Meinung dazu: »Der Kerl ist ein Freak. Soweit wir das noch nicht wussten.«

»Gelb«, schrieb Susu. »Fingernagel knallgelb.«

Vor ein paar Tagen hatte sie allen Lack von ihren Zehen- und Fingernägeln entfernt. Gelben Nagellack hatte sie noch niemals benutzt, aber die Zahl 6 zum Beispiel war gelb und die Zahl 29, wie übrigens auch 263, 1247 und 6733.

»Gelber Finger in Mumu?«

»Ja, ja«, tippte Susu, »schon lange. Aber Finger nicht gelb, nur Nagel. Finger bisschen bleich, müsste mal ins Solarium.«

»Hätte Finger gern im Mund«, antwortete Hans.

Lillian dachte an Hansens Zähne, Hans, der eigentlich Ton hieß. Aus irgendeinem Grund war er auf den Fotos sehr oft mit offenem Mund abgebildet. Seine Zähne waren nicht richtig gerade. Er musste lernen, den Mund geschlossen zu halten, oder sich die Zähne richten lassen.

»Mein Mund ist Solarium«, schrieb Hans.

Er war in Fahrt, die Erregung holte alles aus ihm heraus, die Ausdrücke, mit denen er sich eben über den Neoliberalismus erregt hatte, waren nichts im Vergleich zu diesen Metaphern.

»Ist Solarium sauber?«, fragte Susu. »Finger mag keinen Dreck.«

»Solarium hat Zähne frisch geputzt. Wie neu und bereit für deinen Finger. Leg dich ins Solarium. Ich sauge an deinem Finger, lutsch dran herum. Spürst du's?«

»Nicht so grob«, tippte Susu. »Ganz zärtlich lutschen. Nicht beißen! Finger ist keine Karotte.«

Ihre neuen Freunde lasen immer noch mit, und Lillian sprang zwischen Susus Chat mit Hans und dem mit ihren Freunden hin und her, was ihr kinderleicht fiel. Wie eine Art Kopfrechnen.

Pssdoff schrieb: »Der Kerl merkt gar nicht, wie er voll auf den Abgrund zudonnert. Fantastisch!«

Sie merken es nie, wie die weißen Mäuse im Labor. Nur eine kleine Vorhut kann der Mäuseexistenz entrinnen. Diese Avantgarde wird die Erneuerung des Menschen verkünden, den Prozess seiner Wiedergeburt einleiten.

Inzwischen widmeten Almond, CyberChe und Pssdoff sich Tons Fotoalbum, besonders den Fotos seiner Frau. Sie hieß Mascha. Im Badeanzug posierte sie vor untergehender Sonne auf einer griechischen Insel, wie der überwundene Mensch, der nichts von Wiedergeburt ahnt, es als romantisch empfindet. Nicht mit offenem Mund, wie ihr Mann meistens, sondern mit einem winzigen Lächeln, das nichts von ihren Zähnen enthüllte. Ihr Mund hatte etwas Säuerliches.

»Boah«, tippte Almond, »habt ihr das Nilpferd gesehen?

Mindestens zwanzig Tonnen! Auf der könnte ich's auch nicht. Kein Wunder, dass er sich dreizehnjährige Mädchen sucht. Der Kerl ertrinkt jede Nacht im Fett seiner Frau.«

Ton, der auf seiner Facebook-Seite verkündete, sein Herz schlage für Mascha, die Kinder und den NAC – er hatte auch geschrieben, Nachhaltigkeit sei seine Passion –, dachte jetzt nur noch daran, seinen Finger in Susus Vagina zu schieben, das Herumgelutsche an ihrem Finger hatte lang genug gedauert. Sein Finger musste in Aktion kommen, Nachhaltigkeit spielte mal kurz eine untergeordnete Rolle, obwohl das hier natürlich auch nachhaltig war, dieses anonyme erotische Spiel, das ausschließlich aus Worten bestand, reiner Fantasie, vielleicht war das besser als all die erotischen Spiele, bei denen schwitzende Körper und andere Unvollkommenheiten störten.

»Will meinen Finger in deine Mumu stecken«, hatte er getippt, »dann sind unsere Finger in deinem wundervollen Körper, wie zwei kleine Freunde. Ich kann nicht mehr warten.«

Der Mann ließ wirklich alle Hemmungen fahren, wenn er geil wurde. Wenn er sich nicht mehr beherrschte, driftete seine Fantasie in die merkwürdigsten Richtungen. »Erst Hände waschen«, tippte Susu, »dann darf Finger in Mumu, bin schön sauber, will nicht, dass Straßendreck reinkommt.«

»Hab Hände gewaschen«, antwortete Hans. »Hände sauber wie Solarium. Darf Finger jetzt vorsichtig bei dir reinkommen?«

So ein Schäfchen. Bald würde er den Computer ausschalten, noch kurz zu seinen Kindern gehen, zwei Jungen von sieben und elf, schauen, ob sie schön schliefen, ihnen vielleicht vorsichtig einen Kuss auf die Stirn drücken und sich dann neben seine Frau legen. »Niemand im Verein will es machen«, würde er murmeln, bevor er sich umdrehte, »ich hab mich wieder geopfert.«

»Darf ich vorsichtig über deine Mumu reiben?«, fragte Hans.

Er wollte ziemlich viel in kurzer Zeit. Vielleicht hatte seine Frau gerufen: »Ton, wie weit bist du mit deiner Kartei? Immer noch nicht fertig?«

»Muss noch ein paar Sicherheitsfragen beantworten, dann kann ich sein Password resetten«, tippte CyberChe. »Frag ihn, wo er geboren ist. Aber geil ihn weiter auf.«

Als wüsste sie nicht, was sie zu tun hatte. Das hier war besser als jedes Videospiel. Aufregender, spannender, wirklicher und intensiver. Auch packender, denn Gewinnen war hier nicht einfach Gewinnen, Gewinnen hieß Rache.

»Keine Zeit, über Mumu zu reiben, muss morgen früh in die Schule. Klassenarbeit Französisch«, schrieb Susu, für die Lillian immer mehr Sympathie zu entwickeln begann. So ein dreizehnjähriges Mädchen, das auf Forschungsexpedition in die große, gefährliche Welt geht – die Expedition zum Sinn des Lebens und zu dem des Körpers, den sie dir aufgehalst haben, lässt sich am besten online durchführen.

»Nur ganz kurz, braucht nicht lange zu sein«, tippte Hans. »Muss morgen auch früh wieder raus. Während Finger in Mumu steckt, reibt Daumen sanft über Klitoris.«

Vielleicht musste er die Kinder zur Schule bringen, bevor er im Rathaus zur Arbeit ging. Vielleicht hatte sein Nilpferd von Frau chronische Migräne und sagte fast jeden Morgen: »Ton, es ist wieder so weit, ich hab fürchterliche Migräne, ich sterbe, lass die Vorhänge zu, bitte! Bringst du die Kinder zur Schule? Ich kann heute nicht. Ich kann heute gar nichts.« Gut möglich, dass die alte Nashornkuh dreimal die Woche starb vor Migräne. So sah sie nämlich aus.

Susu tippte: »Wie gesagt: muss morgen früh in die Schule. Kann echt nicht länger. Wo bist du eigentlich zur Schule gegangen?«

»Weert«, tippte Hans hastig. »Noch einen Moment. Spürst du, wie sanft ich dir über Mumu reibe? Ganz sanft, ganz zärtlich, Mumu ist Eichhörnchen. Spürst du's? Schickst du mir Foto?«

Weert. Wenn der Mann geil genug ist, vergisst er zu lügen.

»Jetzt noch den Namen seines Haustiers«, schrieb CyberChe, »dann haben wir alles.«

So rührend ist der Mensch, wie die drei kleinen Schweinchen, der Name seines Haustiers, der Name seiner Geburtsstadt, das ist die Firewall, mit der er sich gegen die böse Außenwelt schützt. Ihre Mumu ein Eichhörnchen. Ob der Mann jedes Mal, wenn er ein Eichhörnchen sah, an ein weibliches Geschlechtsteil dachte? Ob er manchmal mit seinen Jungs durch den Wald lief und sagte »Los, Männer, wir füttern die Eichhörnchen!«? Und weil sie noch ein paar Informationen von dem Beamten aus Breda brauchte, weil sie noch nicht fertig mit ihm war, tippte die gutwillige dreizehnjährige Susu: »Muss jetzt wirklich schlafen, aber Eichhörnchen zwischen meinen Beinen gehört dir. Typ, der mit mir Schluss gemacht hat, darf nie wieder ran.«

Rules of the internet: #17

Every win fails eventually

Wie sich herausstellte, hieß Tons Haustier Max, ein Golden Retriever, und zu dem Zeitpunkt, als er diese Information preisgegeben hatte, war er schon so in Susus Eichhörnchen gefangen – er sah das Eichhörnchen offenbar vor sich mit einer Intensität, die alle anderen Bilder, die sein Hirn produzierte, zu nichts verblassen ließ –, dass er seine alte Quengelei wiederaufnahm: »Schickst du mir Foto, Susu? Schick mir doch bitte ein Foto. BITTEBITTE.«

Seine Frau war vermutlich schon lange im Bett, sie hatte das Rufen aufgegeben. Ihr Mann reagierte doch nicht, er ging vollkommen in einer anderen, weil dreizehnjährigen Realität auf. Und Lillian fand das Spiel immer amüsanter. Natürlich, man konnte Macht auch missbrauchen, »Macht« war per definitionem ein schmutziges Wort, aber man konnte sie auch genießen. Zu sehen, wie der andere am Haken zappelt, während ihm das noch nicht einmal bewusst ist, das war Macht. Lust. Das war unerwartetes, wenn auch zweischneidiges Glück, vielleicht war Zweischneidigkeit sogar eine Ureigenschaft des Glücks, die die meisten Erwachsenen schamhaft verschwiegen. Sie priesen das Glück, doch dessen Zweischneidigkeit blendeten sie diskret aus.

»Schick mir zuerst Foto von dir«, schrieb sie, während ihre neuen Freunde das Adressverzeichnis des Beamten studierten, analysierten, es penetrierten, wie noch kein Adressverzeichnis je penetriert worden war.

Vor drei Wochen hatte der engagierte Beamte auf seiner Facebook-Seite geschrieben: »Wenn wir jetzt nichts gegen den Klimawandel unternehmen, wird kein Urenkel mehr davon erzählen können.« So entschlossen er in Klimafragen war, so zurückhaltend war er in Fragen von Fotos. Er wollte lieber keine schicken, keine von sich, nur Fotos von Susu, aber er wollte sich überreden lassen, das spürte sie. An der Art, wie er sich zierte, zu erkennen gab, dass er zu Verhandlungen bereit war. Männer lassen sich gern überreden, das nennen sie dann »Freiheit«, manchmal auch »unter Jungs« oder »war nur'n Spaß, ist doch nix dabei«.

Wahrscheinlich saß Ton an seinem Computer und knackte eine Bierdose nach der anderen, die Erregung nicht mehr von der langsam zunehmenden Trunkenheit zu unterscheiden. Die drei Hauptmerkmale der Spezies Mann, wie Lillian sie kennengelernt hatte, waren: Selbstmitleid, Neigung zu öffentlicher Trunkenheit und ein Zustand ständigen Übermuts, permanenter sexueller Erregung und Aggression, die sich letztlich allesamt auf das Erste, das chronische männliche Selbstmitleid, zurückführen ließen. (Ihr Vater hatte keine Neigung zu öffentlicher

Trunkenheit, er trank nur zu Hause oder in Frankreich mal vor einem Zelt und meist in völliger Stille.)

Susu tippte: »Wenn ich Eichhörnchen zwischen Beinen habe, was hast dann du?«

Die Antwort kam prompt: »Stier.«

Pssdoff schrieb: »Den Stier möchte ich sehen!« Und Susu tippte: »Tauschen – Eichhörnchenfoto gegen Foto von Stier?«

Der Beamte wand sich, versuchte Ausflüchte wie ein Backfisch, gab schließlich zu, dass er mit seinem Stier spielte oder besser gesagt: Der Stier spielte mit ihm, und als er so weit war, das zuzugeben, war er auch bereit, Susu das Foto zu schicken.

»Wenn du meinen Stier siehst«, schrieb er, »willst du nie mehr einen anderen.«

»Dem Typ, der mit mir Schluss gemacht hat, wird das gar nicht gefallen«, antwortete Susu. »Aber selbst schuld!«

Dann kam das Foto. – Das sollte ein Stier sein? Das war ein Stierchen, todkrank, mager und bleich, nur Haut und Knochen, und auf seinem Kopf glänzte Spucke, jedenfalls nahm Lillian an, dass es sich dabei um Spucke handelte. Je näher sie den Kopf heranzoomte, desto mehr glich er einer verwüsteten Mondlandschaft, wo nie Leben existiert hatte und auch nie existieren würde. Weiterhin sah man auf dem Foto: eine linke Hand, die das kränkliche Stierchen umklammerte, ein Stück Jeanshose, einen Streifen Stoff, der vermutlich zu einem Oberhemd gehörte, einen hastig heruntergewurstelten Männerslip undefinierbarer Farbe. Hellgrau? Hellblau? Im Vergleich zu der großen, etwas groben Hand wirkte der Stier noch kümmerlicher, er bekam fast etwas Rührendes, Mitleiderregendes. Lillian hätte am liebsten gebrüllt »Was für ein erbärmlicher Stier!«. Und selbst die dreizehnjährige Susu fühlte sich versucht zu tippen: »Stier ist todkrank. Muss dringend zum Tierarzt.« Auf der Hand des Beamten war ein Ehering sichtbar. Erregung mag häufig aus Selbstmitleid entstehen, die Erregung selbst ist naiv, sie ahnt keine Tücken. Kurz: Wie betrunken musste man sein, so ein Foto zu verschicken?

Als das Foto sich einmal auf Lillians Rechner befand und damit auch auf dem von Pssdoff, CyberChe und Almond, ging alles ganz schnell: Bevor der Beamte merkte, wie ihm geschah, war seine gesamte Facebook-Seite, sagen wir: »geräumt«; oder vielleicht besser: »renoviert«. Die Seite bestand nur noch aus einem einzigen Foto: dem von Tons Hand, Ton, der sich Hans nannte, seiner Hand mit dem Stierchen und einem Stück Unterhose. Darüber stand: »Mein Stierchen und ich.« Und darunter, von Almond geschrieben: »Hallo Leute, ich bin Ton aus Oosterhout, ich bin ein dreckiger Pädo. Tut mir leid, dass ich so lange gebraucht habe, um aus dem Schrank zu kommen.«

Allen Facebook-Freunden von Ton hatten sie das Foto sicherheitshalber auch zugeschickt, mit demselben Begleittext plus Chat, den Ton mit Susu geführt hatte. Da es Almond gelungen war, Tons E-Mail-Account bei der Stadt Breda zu knacken, hatte auch jeder seiner Kontakte von dort das Foto des Stierchens samt Text und Chat zugesandt bekommen. Der nächste Morgen würde für viele im Süden der Niederlande ein fröhlicher werden, doch Almond, CyberChe und Pssdoff hatten jetzt schon ihren Spaß, und in gewissem Sinne auch Lillian, obwohl ihre Hochstimmung vor allem auf Rache beruhte und auf Genugtuung; für Almond, CyberChe und Pssdoff war es die höchste Form des Unruhestiftens, die der Mensch anstreben konnte: Humor.

Lillian schrieb ihren neuen Freunden: »Danke, Jungs«, worauf Almond erwiderte: »Gern geschehen, wir sind ein gutes Team.« Dann aß Lillian noch ein paar Erdnussflips und legte sich ohne Zähneputzen – dazu hatte sie keine Kraft mehr – ins Bett. Es war ein schöner Abend gewesen, sie hatten Gerechtigkeit geübt. Sie hatte gelacht, auch das. Gelacht wie lange nicht mehr. Susu hatte ihr gute Laune gemacht.

Ein paar Tage lang blieb es still um Hans und Ton und ihre Passionen, ihre Besorgnis über das Klima und den Neoliberalismus, ihre kleinen Freuden, ihr Engagement. Ton hatte bestimmt alle Hände voll zu tun, seinen Freunden und Verwandten, seinen Fußballkumpeln und Kollegen zu erklären, wo diese Hacker das Foto von seinem Stierchen herhaben konnten und was die merkwürdige Konversation mit der dreizehnjährigen Susu zu bedeuten hatte. Vielleicht war sogar der Bürgermeister von Breda eingeschritten, denn auch er hatte ein Foto des Stierchens mit zugehöriger Erläuterung bekommen. Der Beamte hatte viel zu erklären, so viel war klar. Lillian schloss nicht aus, dass seine Frau ihn auf die Straße gesetzt hatte, denn manche Frauen mögen es nicht, wenn ihr Gatte Fotos von seinem Geschlechtsteil an dreizehnjährige Mädchen verschickt. Sie sah ihn durch ein Neubauviertel irren, Rollkoffer und Schultertasche hinter sich herziehend. Er schlief in seinem Auto und rasierte sich an einer Tankstelle.

Nach fünf Tagen leitete CyberChe einen Zeitungsartikel an Lillian weiter. Der vierundvierzigjährige Beamte Ton Huijbregts aus Oosterhout war in der Nähe von Waalwijk an einen Baum gefahren. Er war sofort tot, die Polizei ging von Selbstmord aus, man hatte einen Abschiedsbrief gefunden. Er hinterließ eine Frau und zwei Kinder. Kein Wort über das Stierchen, kein Wort über Susu. »Das ist unser Mann!«, hatte CyberChe daruntergeschrieben.

Lillian war einen Moment lang perplex, und CyberChe schrieb: »Kopf hoch, Compagñera, der Kerl war ein dreckiger Pädo. Und nur ein toter Pädo ist ein guter Pädo. Der hat echt nichts Besseres verdient.« Pssdoff fügte hinzu: »Dumm gelaufen für seine Frau und die Kinder natürlich, aber hätte der Pädo eben nicht heiraten dürfen. Die Jungs finden bestimmt schnell einen besseren Vater.« Und Almond kommentierte: »Das Arschloch hat's aus dem Spiel geballert, aber da hat er selbst Schuld.«

Trotz dieser Beruhigungsversuche war Lillian mit dem Ergebnis ihrer Racheaktion nicht rundum zufrieden, und sei es nur darum – so sehr aufs eigene Wohl bedacht war sie schon –, weil sie jetzt jeden Moment einen Besuch der Polizei fürchtete, bei sich zu Hause oder in der Schule. Sie löschte alle Inhalte auf ihrem Rechner, die gesamte Festplatte. Sie hielt Großreinemachen, wie wohl noch nie eine Festplatte gereinigt worden war. Sie verlor ein paar ziemlich wertvolle Dateien, aber das war ihr egal. Die Angst hatte sie völlig im Griff, wie sehr sie sich auch sagte, dazu gebe es überhaupt keinen Grund; wovor Lillian sich fürchtete, war weniger das Gefängnis als ein Leben ohne Computer und Internet. Sie hatte einmal gelesen, dass verurteilte Hacker jahrelang nicht ins Netz durften.

Doch die Polizei kam nicht, nicht zu ihr nach Hause und auch nicht in die Schule. Sie wartete, doch nichts passierte, rein gar nichts. Vielleicht hatten ihre Sicherheitsvorkehrungen genügt, war nicht nachvollziehbar gewesen, von welcher IP-Adresse Susu mit Hans korrespondiert hatte, aber vielleicht dachte man auch bei der Staatsanwaltschaft »toter Pädo, guter Pädo« und ließ die Sache darum auf sich beruhen.

Um herauszufinden, ob die Polizei überhaupt wegen irgendwas käme, drohte Lillian ein paar Wochen später auf Twitter, ihre Schule in die Luft zu jagen, und da kamen sie.

Für einen Moment überlegte sie, einen kleinen Entschuldigungsbrief an Tons Frau und die Kinder zu schreiben, aber das ließ sie zu guter Letzt sein. Es war lebensgefährlich, und den Leuten würde es doch nichts nützen.

In den Tagen, die folgten, ging Lillian nach und nach auf, dass sie über besondere Fähigkeiten verfügte, in Ausnahmefällen gar über Leben und Tod entscheiden konnte, kurzum: dass sie ein Racheengel war. Nicht nur asiatische Prinzessin, auch noch Racheengel. Sie konnte nicht leugnen, dass ihr das nicht nur Angst machte, sondern sie auch entzückte. Über Leben und Tod zu entscheiden, war besser als all die ungeschickten, trostlosen und manchmal auch unerwünschten Versuche der Männer, trotz ihres Kuhhinterns physisch Kontakt zu ihr aufzunehmen. Sie war noch Jungfrau, aber sie hatte schon getötet, und sie vermutete, dass das Töten schuldiger Menschen – Tiere waren prinzipiell freigesprochen, die Schuld des Menschen, von einigen Ausnahmen abgesehen, stand dagegen von vornherein fest, das war der einzige wesentliche Unterschied zwischen Mensch und Tier – besser war als Sex. Intensiver, bedeutungsvoller, seltener und letztlich auch nobler; der Racheengel strafte nicht ohne Grund.

Sie besaß Kräfte, die ihre Klassenkameraden und Lehrer nicht hatten und auch nie haben würden, Grund, warum sie sich mehr und mehr von ihnen absonderte. Sie geriet in den Bann eines Gedankens: dass nämlich die Menschen – vor allem deren männlicher Teil – bestraft werden müssten; die sanfte Hand der Liebe hatte versagt, hatte zu eitern begonnen, das sah sie auf Schritt und Tritt: die eiternde Hand der Liebe, wobei sie dann auch immer an das kranke Stierchen von Ton denken musste. Erbärmlich und krank, das war der Mann, und in einigen Fällen war er auch noch kriminell. Dann mussten Sanktionen erfolgen, die schlimmsten Sanktionen für die schlimmsten Verbrechen. Offenbar war sie einer der Menschen, die dazu bestimmt waren, diese Sanktionen durchzuführen.

Diese Gedanken, die Lillian »die verbotenen Gedanken« nannte, konnten jedoch nicht verhindern, dass auch sie von Strafen heimgesucht wurde. In Albträumen und Schreckensvorstellungen verfolgte sie Ton. Die Traumbilder waren fast immer identisch: Sie saß neben Ton, der sich gern Hans nannte, im Auto, doch es war nicht Lillian, die neben ihm saß, sondern die dreizehnjährige Susu, eine verbesserte Version ihrer selbst, ein Update, eine Lillian ohne Kuhhintern. Sie fuhren eine Landstraße mit Bäumen entlang. Während des Fahrens fummelte Ton an Susu herum und flüsterte: »Du willst es doch auch?« Dann sagte er: »Steig aus, den Rest kann ich allein.« Sie folgte seinem Befehl, er gab Gas, und sie sah noch, wie er mit voller Gewalt gegen einen Baum fuhr. Sie ging nicht zu ihm und dem Wrack hin, das in ihren Träumen eine merkwürdig friedliche Schönheit ausstrahlte, zusammen mit den Bäumen, den zwitschernden Vögeln; sie lief in die andere Richtung, ganz ruhig, als habe sie mit all dem nichts zu tun. Als ginge sie das alles nichts an.

Die wiederkehrende Vision war so quälend und wurde immer quälender, dass sie sich an Gott, der in den Zahlen wohnt, wandte: »Erlöse mich von diesen Bildern, o Gott, der du in den Zahlen wohnst«, betete sie, »erlöse mich von den Bildern.« Dass sie bei diesem Gebet manchmal heulen musste, lag nicht an dem Wissen, dass sie mit der Ratte kämpfte, sondern an der Überzeugung, dass die Ratte über kurz oder lang gewinnen würde.

Rules of the internet: #19

The more you hate it the stronger it gets

In ihrem letzten Jahr auf dem Gymnasium musste Lillian eine Reihe von Tests und Untersuchungen über sich ergehen lassen. Ihre Eltern und einige Lehrer hatten gefunden, dass Lillians Verhalten immer merkwürdiger wurde. Dass sie eine asiatische Prinzessin nebst Racheengel war, auf die Welt geschickt, um den schlimmsten Verbrechern die schlimmsten Sanktionen aufzuerlegen, wussten sie natürlich nicht, und um der Geheimhaltung willen tat Lillian, was sie nur konnte, die Untersuchungen auf höfliche Weise zu sabotieren – die einzige Art der effektiven Sabotage: jederzeit höflich bleiben. So wie sie in sechs Sekunden ausrechnen konnte, was 438 mal 632 war, wusste sie auch, was sie auf die Fragen der Ärzte und Psychologen zu antworten hatte. Verhalten war wie Kopfrechnen. In bestimmten Momenten musste man ein bestimmtes Verhalten produzieren, und das brachte Lillian mühelos fertig, doch oft hatte sie dazu einfach keine Lust. Sie wehrte sich gegen diesen Produktionszwang, dem man die Menschen unterwarf. Die Vorhut musste sich diesem

Zwang widersetzen, sonst konnte sie genauso gut abgeschafft werden.

Ihre wenigen Freundinnen vernachlässigte sie, und bald wurde sie auch von ihnen vernachlässigt. Einen Jungen in ihrer Klasse, der sie trotz aller Widrigkeiten begehrte, verachtete sie. Natürlich vor allem, weil er sie offen begehrte, doch auch aus einem anderen Grund. Obwohl er als Computer-Genie galt, fand sie das nicht, er spielte nur den Nerd, weil er vor allem Möglichen Angst hatte. Weil wiederum sie befürchtete, Mitleid mit ihm zu bekommen, wenn seine Annäherungsversuche noch lange andauerten, demütigte sie ihn, bevor das Mitleid sie überwältigen würde. »Du bist nepp«, zischte sie ihm eines Morgens im Mathematikunterricht zu, »eine Plastikblume der billigsten Sorte, die stell ich mir nicht in die Vase!«

So wurde sie eine junge Frau ohne Freunde, gefürchtet und vielleicht auch verachtet, soweit Verachtung sich von Angst unterscheiden lässt, doch wie auch immer: gemieden. In der besseren Welt hatte sie natürlich sehr wohl Freunde, Busenfreunde, die sie jeden Tag nach der Schule besuchte und mit denen sie bis tief in die Nacht kommunizierte.

Die Unruhestiftung ging inzwischen in kleinerem Maßstab weiter: CyberChe, Pssdoff und Almond knackten alle Accounts einer mittelgroßen Stadt in Nordholland und ließen dem Bürgermeister zweihundert Pizzen liefern, dreihundert Kartons Legotechnik und ein paar Aufblaspuppen. Diese Aktion sorgte für einige Diskussion in der Gruppe. CyberChe sah die Störung der Ordnung als

Mittel, ein gesellschaftliches Ziel zu erreichen, während Almond, der Ideologe der Gruppe, gesellschaftliche Ziele und Aktivismus von vornherein ablehnte; für ihn zählte nur das Lachen. Nicht, dass er blind für das Unrecht gewesen wäre, doch seiner Meinung nach konnte man das nur lachend bekämpfen. In einem Manifest hatte er geschrieben: »Jede Form von Aktivismus stützt die bestehende Ordnung, die wir nun aber gerade ablehnen. Jede Kritik an der Ordnung ist Teil des Systems und trägt nur dazu bei, dieses System zu perpetuieren. Wir stören die Ordnung zu keinem anderen Zweck, als lachen zu können. Wir anerkennen einzig das Lachen, das nackte brüllende Jauchzen, das bisher noch lediglich in den Höhlen erklingt, in denen wir uns versteckt halten, das aber zuletzt in der ganzen Welt zu hören sein wird. Am blutlosen Ernst, am Pathos, an der Bitterkeit und Impotenz, der Angst vor dem Lachen, die immer mit der Angst einhergehen, ausgelacht zu werden, erkennt man den alten überwundenen Menschen, die Nachhut, die langsam verschwindet, dabei ist, sich überflüssig zu machen mit einer Leidenschaft, die uns nicht überrascht. Der neue Mensch wird lachen, wiehernd jauchzen, weil er erkennt, dass alle Bedeutung und Selbstachtung im Lachen begründet sind. Nicht jeder Einsame befindet sich in der Vorhut, doch die Vorhut besteht ausschließlich aus Einsamen. Je einsamer man ist, desto größer die Chance, dass man sich in den vordersten Reihen der Avantgarde befindet. Dort, wo man die Wiedergeburt des Menschen vorbereitet, mit dem alten Menschen abrechnet, der nur noch zu lachen wagt, wenn die bestehende Ordnung ihm das befiehlt. Doch Lachen auf Befehl ist kein Lachen, Lachen auf Befehl ist langsames Sterben.«

Dies war nur ein Fragment, doch Lillian war von dem Gedankengang tief beeindruckt, von seinem apodiktischen Ton, und die Wiedergeburt des Menschen hatte auch ihrer Meinung nach höchste Priorität. Nur mit der Aussage, der Aktivismus halte die bestehende Ordnung erst aufrecht, hatte sie ihre Schwierigkeiten. Sie wollte den Metzgern schaden, als erste Aktion, was auf ihre Bitte hin auch geschah: Die digitalen Kassensysteme einiger Qualitätsmetzger wurden blockiert, ihre Websites, soweit sie welche hatten, mit Losungen gegen Fleischessen und Fleischesser verunziert. Die Metzger wurden »Henker« und »Faschisten« genannt, »Nazis«, ab und zu sogar »Pädos«. Hin und wieder wurden ihre Sites tagelang durch verteilte Denial-of-Service-Angriffe lahmgelegt, doch schnell wurde Lillian klar, dass all dies wenig nutzte. Der Gesamtfleischverbrauch nahm auf diese Weise nicht ab. Außerdem fand Almond, dass diese Angriffe auf Metzger das Erschallen des Lachens in der ganzen Welt nicht beschleunigen würden.

Lillian ließ sich ihr erstes Tattoo stechen, begann ihr erstes Studium, und in der Gruppe ihrer Freunde nahm der Richtungsstreit immer mehr zu. Sollte das Lachen in der ganzen Welt widerhallen, oder sollte man den Feind mit genau dem Ernst bekämpfen, der Almond zufolge das Hauptmerkmal des überwundenen Menschen war? Lillian alias Princess Saba nahm an dieser Diskussion immer weniger teil, ihre Aufgabe bestand damals vor allem im Kampf gegen den Körper, und dieser Kampf begann bei ihr selbst: Ihr Körper war ihr im Weg, mehr noch als die Massentierhaltung, die Fleischindustrie, die Pädophilen und Metzger, ihr Körper war der dringlichste Feind, und sie bekämpfte ihn auf allerlei trickreiche und weniger trickreiche Weisen. Die Feindschaft, die sie ihrem Körper entgegenbrachte – im Grunde allem Fleisch gegenüber, doch natürlich am meisten dem eigenen, weil sie damit Tag für Tag konfrontiert war –, ging zuletzt so weit, dass niemand sie mehr anfassen durfte. Selbst wenn ihr Vater ihr beiläufig im Flur die Hand auf die Schulter legte und sagte: »Die Ärzte meinen, dass dir nichts fehlt, aber ich sehe das anders, Lillian, ich sehe das eindeutig anders«, zischte sie: »Fass mich nicht an!« Und strich ihre Mutter der einzigen Tochter, ihr also, durchs Haar, blaffte Lillian nur: »Hände weg!«

Auf ihrer rechten Brust – obwohl sie kaum Brüste hatte, konnte niemand bestreiten, dass es da doch so etwas Ähnliches gab – wuchsen vier Haare, mit bemerkenswerter Geschwindigkeit. Dunkle, recht dicke Borsten, während sie selbst rotblond war. Ein Zeichen, aber sie hatte es noch nicht entschlüsselt. Hatten alle Racheengel vier Haare auf der rechten Brust?

Zuerst rückte sie den Haaren mit einer Pinzette zu Leibe, doch das war ihr zu viel Gefummel. Rasieren ging um einiges schneller. Und da doch niemand sie nackt sah, schienen die Stoppeln ihr kein echtes Problem. Das erwies sich allerdings als ein Irrtum. Rasierte sie sich die Haare am Dienstag, maßen sie spätestens am Freitag wieder einen

Zentimeter. Die vier Haare symbolisierten die Feindschaft ihres Körpers, die sie mit abgrundtiefem Hass beantwortete. Männer hatten Haare auf der Brust, aber sie war kein Mann. Nein, die vier Haare waren kein Symbol ihres Status als Racheengel, sondern vielmehr der Botschaft, die ihr Körper ihr täglich vermitteln wollte: »Ich hasse dich!«

Gleichzeitig sandte ihre Körpermaschine Signale, die sie nicht ignorieren konnte: Hunger, Durst, Harndrang, ein gewisses Bedürfnis nach Intimität, das mit einem Verlangen nach Lust einherging, das sie aber vehement ablehnte. Um diesem Problem zu begegnen, suchte sie über eine Website Kontakte zu Männern; der Mann war erträglich, solange man ihn rechtzeitig wegklicken konnte. Lillian betrachtete die Bilder von Männern in diversen Erregungszuständen und ließ sich ihrerseits von der Verachtung erregen, die sie für diese Männer empfand. Diese armen und doch schuldigen Geschöpfe schauten sie an, wurden von ihr entflammt, ohne dass sie sie jemals berühren konnten, ohne ihre Identität zu kennen oder auch nur ihr Gesicht einmal richtig gesehen zu haben. Lillian studierte ihre erbärmlichen Versuche zum Empfinden von Lust, die sie vor dem Computer mit der zähen Verbissenheit von Frontsoldaten abarbeiteten. Manchmal waren die Männer alt, manche sogar uralt, dann wieder meldeten sich blutjunge Typen. Manche Männer zeigten ihre Gesichter, andere nur ihr Geschlechtsteil, die Hand, ein Stück Hose. Manche starrten auf den Bildschirm, als wäre ihnen soeben Gott persönlich erschienen, wieder andere glotzten wie von Geburt an schwachsinnig.

Vertreter der überwundenen Spezies Mensch waren sie, die, bevor sie endgültig überflüssig wurden, noch einmal ein vages Echo von Lust spüren wollten. Manche hielten den Mund geschlossen und bissen sich auf die Lippen, häufiger hörte man jemanden schnaufen. Manche waren so alt und gebrechlich, dass Lillian schon fürchtete, der Tod würde eher kommen als ihr Samenerguss – natürlich war das nicht ihr Problem, aber trotzdem. Man sah, wie diese Männer sich abmühten, wie sie versuchten, den Höhepunkt zu erreichen, dass es sie eigentlich zu sehr anstrengte, dass die Klimax der Berg war, den sie sich nicht mehr hätten vornehmen sollen, doch sie wollten sich damit nicht abfinden und rackerten weiter, manchmal zwanzig Minuten, bis Lillian tippte: »Jetzt reicht's, bye-bye.« Und dann tat sie, was sie tun musste, sie klickte den sterbenden Mann weg.

Dies sind die Gegenstände, die Lillian sich vor der Webcam einführte: einen Pingpongball, zwei Pingpongbälle, drei Pingpongbälle, vier Pingpongbälle, einen Kugelschreiber, eine Salatgurke, vier grüne Spargel, einen USB-Stick, eine Mandarine, eine kleine Flasche Cola (ohne Verschluss), eine Tube Zahnpasta (mit Verschluss), den Stil einer Tulpe, den Bügel der Lesebrille ihres Vaters, einen Teelöffel, ein stumpfes Messer, einen Augenbrauenstift, einen Radiergummi, eine Zahnbürste, das Handstück einer elektrischen Munddusche, Stiel und Blasring eines Seifenblasensets und eine Karotte.

Manchmal tippten oder sagten die Männer: »Steck dir auch was in den Hintern.« Dann klickte sie sie weg, das konnte Lillian nicht leiden. Ihre Brüste bekamen sie niemals zu sehen, als fürchtete sie, die Webcam könnte die Stoppeln der vier Haare enthüllen, als würde sie sich als Racheengel verraten, wenn die Männer die vier Stoppeln zu sehen bekämen. Hauptsächlich das Eichhörnchen und der Kuhhintern kamen ins Bild, doch Letzterer so, dass er nicht wie ein Kuhhintern wirkte.

Hatten die Männer ihren Höhepunkt erreicht, manche kraftlos, manche mit so viel Energie, dass sie die eigene Webcam vollspritzten, wodurch es kurz aussah, als seien sie durch den Regen gelaufen, und die Kamera von großen, klebrigen Tropfen verschliert war, sprach Lillian die Worte: »Zum Tode verurteilt. Du bist aus dem Spiel.« Natürlich waren diese Worte nur symbolisch, niemand starb, niemand starb wirklich. Es war eine Beschwörung, es blieb ein Spiel.

Was nicht hieß, dass die armselige Lust, die diese bedauernswerten Kerle vor ihren Augen erlebten, nicht bestraft gehörte. Wenn etwas Sanktionen erforderte, nach Strafe schrie, dann war es die Lust. Auch Lillian entging nicht der Strafe: Ihre war das Spiel – indem sie es spielte, bestrafte sie sich selbst.

Bei all diesen Aktionen verließ die Ratte sie nie. Manchmal saß sie auf ihrer Schulter, dann wieder auf ihrem Kopf, und in manchen Momenten wusste sie nicht mehr, ob die Ratte ihre Erzfeindin war oder vielleicht doch eher ein Freund.

Ein paar Jahre lang spielte Lillian dieses Spiel fast jeden Abend. Meist ein paar Stunden hintereinander, manchmal auch nur ein paar Minuten. Dann wieder mit Unterbrechungen, eine halbe Stunde am frühen Abend und vor dem Zubettgehen noch einmal. Es gab Nächte, in denen sie nicht einschlafen konnte und nach wiederholten Versuchen gegen sechs Uhr endlich aufstand, sich vor den Laptop setzte, um nachzuschauen, ob vielleicht noch irgendwelche Männer sie anglotzen wollten, die von dem Anblick des Eichhörnchens erregt wurden und all den Sehnsüchten und Wunschträumen, die es in ihnen auslöste. Nach ein paar Jahren intensiver Forschung hatte Lillian die männliche Lust von allen Seiten vermessen und war zu dem Schluss gekommen, dass sie nichts als Verzweiflung war, vielleicht am besten noch zu vergleichen mit dem Todesbrüllen einer Kuh im Schlachthaus.

Sie glotzten sie an, die Verzweifelten, betrachteten, was nie ihnen gehören würde, was sie nicht einmal berühren konnten, nicht riechen, sie sahen zu, wie Lillian sich Gegenstände und Gemüse einführte, mit einer Leichtigkeit und Selbstverständlichkeit, als sei sie nur dazu auf der Welt. Sie konnten ihr sardonisches Lächeln nicht sehen, denn sie starrten ja auf das Eichhörnchen, sie glotzten, weil sie nichts anderes mehr konnten, nichts anderes mehr sehen wollten, weil sie hypnotisiert waren. Nur die Allerintelligentesten waren in der Lage, einen mehr oder weniger kohärenten Satz zustande zu bringen: »Dreh dich um und beug dich langsam nach vorn.« In ganz außergewöhnlichen Fällen suchte sie Kontakt zu dem Mann auf der anderen Seite, und mitten im Spiel, unterwegs zur Klimax, fragte sie: »Schnell, wie viel ist 842 plus 365?« Vor denen, die dann die richtige Antwort wussten, hatte sie einen gewissen Respekt. Doch in den allermeisten Fällen kam keine Antwort. Wenn die vereinsamten Lustsucher zuletzt dank des Anstarrens und der Bilder ihren Höhepunkt erreicht hatten, klickte Lillian sie weg, bevor sie die Verbindung abbrechen konnten; mit verblüffender Schnelligkeit wurden sie aus dem Spiel gekickt. So schnell, dass es sie bestimmt verblüffte. In der Verachtung, die nichts an Kraft eingebüßt hatte, lag nicht nur die Lust, sondern auch die Erlösung.

Rules of the internet: #11

*All your carefully picked arguments
can easily be ignored*

Ihr Psychologiestudium hielt Lillian genau zwölf Wochen lang durch. Ungefähr zum selben Zeitpunkt, als sie beschloss, diesen fruchtlosen Versuch aufzugeben, verschwanden Almond und Pssdoff aus ihrem Leben. Der Richtungsstreit in der Gruppe hatte bizarre Formen angenommen, und CyberChe saß mittlerweile im Gefängnis. Irgendwo hatte er einen Fehler gemacht, eine Spur hinterlassen, die zu seiner IP-Adresse zurückführte, und nach seiner Verhaftung ging Lillian fest davon aus, dass sie nun bald auch bei ihr vor der Tür stehen würden. Wieder wartete sie auf die Polizei, gespannt und ängstlich zugleich, doch auch in einer Art froher Erwartung, als würde nach ihrer Festnahme das Leben endlich beginnen. Aber auch diesmal kam die Polizei nicht. Im Internet fand Lillian ein Foto von CyberChe nach der Verhaftung. Er sah anders aus, als sie ihn sich vorgestellt hatte, wahrscheinlich stammte er von den Antillen. Er schaute verblüfft in die Kamera, als könne er einfach nicht glauben, dass jemand sich die Mühe machte, ihn zu fotografieren. In der

Hand hielt er eine Mütze. CyberChe, der eigentlich William hieß, war ein etwas dicklicher Junge mit Dreadlocks – er sah eher aus wie jemand, der im Dunkeln in Mülleimern herumwühlt, absolut nicht wie der Anführer einer revolutionären Gruppe. Die neue Ordnung würde zweifellos kommen, alles wies darauf hin, doch vorläufig erwies sich der Status quo als erstaunlich robust. Kurz nach CyberChes Festnahme verschwand auch Almond. »Ich ziehe mich zurück«, war das Letzte, was sie von ihm hörte, »untertauchen ist jetzt das Beste. Ich werde die bestehende Ordnung für eine Weile im Stillen auslachen. Wenn du die Ohren gut spitzt, kannst du es hören.«

Damit begann die Periode von Almonds Schweigen, und sie dauert noch immer.

Sie lebte mit ihren Eltern, die weder Freund noch Feind waren, und mit der Ratte, die sie fast nie allein ließ. In manchen Nächten provozierte sie sie und rief: »Komm her, Ratte, ich weiß doch, dass du es willst, ich weiß, dass du da bist. Nimm mich. Bespring mich, du dreckiges Vieh!«

Dann ließ die Ratte sich von der Wand fallen, denn sie konnte über Wände laufen, sogar an der Decke, und dann nahm sie sie, auf Rattenart. Die schlimmste Strafe für das widerlichste Verbrechen. Im Vergleich zu der Ratte war sie ein Amateur-Racheengel.

Wenn die Ratte auf ihr lag, konnte Lillian es manchmal nicht lassen, sie zu streicheln, zu trösten, mit ihr zu sprechen, von gleich zu gleich, als sei sie selbst im Grunde mehr Nager als Mensch.

Banri Watanuki lernte Lillian in einem Forum zu *Chihiros Reise ins Zauberland* kennen. Damals hatte sie gerade beschlossen, Luft- und Raumfahrttechnik zu studieren.

Chihiros Reise ist ein Film von Hayao Miyazaki über ein Mädchen, das zusammen mit seinen Eltern in eine andere Stadt zieht. Unterwegs zu ihrem neuen Zuhause verirren sie sich, fahren durch ein Tor und landen in einer Zwischenwelt. Dem Vater zufolge handelt es sich dabei um einen der vielen verlassenen Vergnügungsparks, die es in Japan überall gibt. Er riecht Essen, folgt gierig dem Duft, Mutter und Tochter gehen hinter ihm her. Sie gelangen in ein leeres Restaurant, wo eine dampfende Mahlzeit auf dem Tisch steht. Der Vater sagt: »Wir essen jetzt und zahlen später.« Zusammen mit seiner Frau lässt er sich die Leckereien schmecken. Sie wissen aber nicht, dass das Essen als Opfer für die Götter bestimmt ist, und werden zur Strafe in Schweine verwandelt. Chihiro hat sich geweigert zu essen, wodurch sie dem Los ihrer Eltern entgeht. Dafür jedoch muss sie in einem Badehaus für Götter schuften, wo sie den Namen Sen erhält.

Mindestens einmal pro Woche schaute Lillian sich diesen Film an. Schon vorher hatte sie ernsthaft vermutet, ihre Eltern seien in Wirklichkeit Schweine, was eine Menge erklärt hätte. Manchmal meinte sie sogar, die Eltern grunzen zu hören. Sie saß auf ihrem Zimmer, versuchte zu arbeiten, konnte sich aber nicht konzentrieren, weil ihr Vater in einem fort grunzte. Wenn sie dann runter ins Erdgeschoss ging, um den Ursprung des Grunzens näher zu ergründen, saß ihr Vater quietschvergnügt auf dem

Sofa mit einem Glas Wein und sagte: »Ich grunze nicht, Lillian. Ich trinke. Ich versuche, den Kopf ein bisschen freizubekommen. Und mach um Himmels willen endlich mal ein Studium zu Ende. So schwer ist das doch nicht. Ich hab's auch geschafft.«

Ihr wurde klar, dass ihre Eltern sich jedes Mal blitzschnell in Menschen verwandelten, sobald sie das Zimmer betrat. Trotzdem fragte sie sich: Wie kommen diese Leute bloß auf der Arbeit zurecht? Wenn ich ihr Gegrunze höre, hören andere das doch auch. Wer hält es mit grunzenden Schweinen lange aus?

Und genau da, zu der Zeit, als ihre Eltern mit aller Anstrengung versuchten, ihre wahre Natur vor der Welt und ihrer Tochter zu verbergen – doch ihre Tochter durchschaute sie, scharf und unbarmherzig, und entlarvte sie eindeutig als Schweine –, lernte sie Banri Watanuki kennen. Er wusste alles über *Chihiros Reise,* hatte jeden Film von Miyazaki gesehen, mit ihm konnte sie über Details sprechen, die anderen Leuten, die den Film nur ein- oder zweimal gesehen hatten, entgangen waren. Er wusste so viel über Miyazaki, dass sie ihm blindlings vertraute, denn wer das Genie von Miyazaki erkannte, der musste vertrauenswürdig sein. Ihm, beschloss sie, könne sie erzählen, dass sie ihre Eltern, vor allem den Vater, verdächtigte, in ihrer Abwesenheit laut zu grunzen. Und als Banri ganz selbstverständlich darauf reagierte – so was komme öfter mal vor und sei nichts Außergewöhnliches, schrieb er –, wagte sie ihm zu beichten, dass sie außerdem argwöhnte, ihre Eltern seien eigentlich Schweine, die sich nur um ihrer Tochter und der Arbeit willen, denn Arbeit sei heilig, ab und zu mühsam und widerwillig in Menschen verwandelten.

Banri reagierte weder verblüfft noch ablehnend – eines der Hauptmerkmale des überwundenen Menschen: Verblüffung, die schnell in Ablehnung übergeht –, vielmehr gab er ihr vorsichtig recht oder ließ die Möglichkeit dazu auf jeden Fall offen. Die menschlichen Schweine sind unter uns, verkündete er, und wenn sie unter uns sind, können sie auch ganz nah sein, in unseren Häusern, unseren Betten, den Badezimmern, während wir duschen. Die zoologischen Schweine seien liebe und intelligente Tiere, was man von den menschlichen leider nicht sagen könne. Nach seinen Worten war der körperliche Mensch ohnehin ein primitiver Seinszustand, der dem Ende entgegenhinke, der erneuerte Mensch werde ohne Körper auskommen. Der erneuerte Mensch, und an dieser Erneuerung werde mit Hochdruck gearbeitet, brauche die Muskeln, das Blut und die Knochen nicht mehr. Kein Darm könne im neuen Menschen mehr reißen, kein Herz werde mehr in ihm schlagen, dieses verdammte Ding, der erneuerte Mensch sei reine Intelligenz, Intelligenz in ihrer allerentwickeltsten Form.

Diese Worte trösteten sie, wie noch niemals zuvor sie etwas getröstet hatte, sie ließen sie erkennen, dass ihre Ablehnung des Körpers, sowohl des eigenen als auch desjenigen anderer Menschen, keine merkwürdige Verirrung war, wie man ihr öfter erzählte, keine Störung, wie ihre Eltern andeuteten, sondern ein Segen, ein Beweis, dass sie zur vordersten Vorhut der Avantgarde gehörte. Sie war allen voraus, die *anderen* hinkten hinterher. Der Körper war ein aus der Mode gekommenes Kleidungsstück: Irgendwann zöge sie es aus, um es nie wieder anzulegen.

Doch »Vorhut« war kein Wort, das Banri Watanuki benutzen würde. Er sagte, der noch an seinen Körper gekettete Mensch sei im Grunde ein nicht freigelassener Sklave, in dem Sinne seien auch er und Princess Saba noch nicht befreit, doch das sei nur eine Frage der Zeit. »Denk nur an Porno«, schrieb er, »von überall schreit der einem entgegen. Das Internet ist eine einzige Pornomaschine, und warum? Weil die Leute instinktiv spüren, dass der Körper seine beste Zeit gehabt hat. Darum schauen sie massenhaft Porno, Porno ist der Zirkus des menschlichen Körpers, der seine Abschiedsvorstellungen gibt. Darum gehen sie so oft ins Sportstudio, sie pumpen sich auf für die letzten Vorstellungen. Menschen wollen den Körper noch ein letztes Mal sehen, die archaische körperliche Lust noch ein letztes Mal spüren, bevor der Zirkus seine Pforten für immer schließt, denn wenn der erneuerte Mensch einmal da ist, wird seine körperliche Vorform schnell aussterben. Vom Standpunkt der Evolution aus betrachtet hat er nicht die geringste Funktion mehr.«

Lillian warf einen Blick auf die vier Haare auf ihrer Brust. Banri Watanuki hatte recht: Der Zirkus gab seine letzten Vorstellungen.

Seit ihrer ersten Begegnung nahm sie fast täglich Kontakt zu ihm auf, erst meist nur kurz, dann immer länger, stundenlang konnte sie mit ihm reden. Er wurde ein Freund, ein Geliebter – doch nicht, wie der überwundene

Mensch das versteht –, vielmehr ein geistiger Führer. Er zeigte ihr Dinge, die sie stets übersehen hatte, führte sie auf Websites, die nicht nur auf Google niemals erscheinen würden, sondern von deren Existenz selbst Almond nichts geahnt hatte. Er weckte ein gewisses lyrisches Empfinden in ihr, nahm ihr das Misstrauen der Sprache gegenüber. Mit ihm konnte sie reden, ohne sich ständig für die Worte zu schämen, die die Gedanken nur unvollständig verhüllten, denn so viel hatte sie inzwischen gelernt: Worte dienen dazu, Gedanken zu verhüllen.

Lillian erzählte, sie wolle mit der Transsibirischen Eisenbahn in die Mongolei, weil sie eine asiatische Prinzessin sei, und Banri antwortete, die Mongolei käme früher oder später zu ihr, sie solle bleiben, wo sie sei, der richtige Zeitpunkt sei noch nicht da, aus dem Dachzimmer und hinter ihrem Rechner hervorzukommen. Sie fragte, wo denn am neuen Menschen gearbeitet würde, dem körperlosen, und Banri antwortete: »Überall. Du würdest dich wundern, überall arbeiten sie an ihm.« Wer *sie* seien, wollte Lillian wissen.

»Nennen wir sie ›die Erneuerer‹«, antwortete Banri.

Die Antworten beruhigten sie. Sie hörte ihre Eltern zwar immer noch grunzen – nicht nur ihr Vater, auch ihre Mutter ließ häufig der Schweinenatur, die sie verband, unverschämt freien Lauf –, aber sie wusste, dass Erneuerer am Werk waren, die dem menschlichen Gegrunze ein für alle Mal ein Ende bereiten würden.

Wenn es einen Grund gab, sich nicht von einem Hochhaus zu stürzen, einen einzigen, warum sie nicht definitiv zu der Ratte gesagt hatte: »Du hast gewonnen, ich geb auf. Ich gehöre dir, nimm mich, zerfleisch mich, brich mir die Knochen, verschling mich, friss mich auf«, dann war das Banri Watanuki. Jeden Tag, unermüdlich. Bis er ihr schrieb: »Es ist so weit. Du musst hinter deinem Laptop hervorkommen. Bei BClever suchen sie eine Rezeptionistin. Deine Mission hat begonnen.«

Und sie hatte, ziemlich widerwillig, musste man zugeben, einen Bewerbungsbrief geschrieben.

Rules of the internet: #33

Lurk more – it's never enough

Seit zwei Wochen arbeitet Lillian jetzt am Empfang von BClever, und ab und zu erledigt sie auch Sekretärinnenarbeiten. Der Background-Check des nationalen Geheimdienstes hat keine Probleme ergeben. Ziemlich unangenehm findet sie es schon, ihren Körper so zur Schau stellen zu müssen; weil sie an einem Tresen im Eingangsbereich sitzt, können die Leute sie unverschämt anglotzen. Sie ist Blicke anderer Leute nicht mehr gewöhnt, bis auf die Eltern und den Tätowierkünstler hat seit Langem fast niemand mehr ihren Körper gesehen. Der Bildschirm sieht einen natürlich auch, die winzige Kamera am oberen Rand, aber das ist was anderes.

Natürlich, gesehen wird man überall, doch wenigstens will Lillian die Leute, die sie angaffen, nicht selbst sehen müssen. Okay, sie hat jetzt eine Aufgabe, und die erfüllt sie mit Hingabe, oder besser gesagt: Sie *mimt* die Hingabe.

Immer noch finden in Lillians Kopf Orgien von Gewalt und Bestrafung statt, die sie mit Rechenaufgaben zu vertreiben versucht. Nicht nur werden in ihrer Vorstellung

Menschen von Maschinen zerschmettert, auch werden sie von Riesen gepackt, am Kopf hochgerissen und mit Riesenreiben gerieben, bis eine Art bunter Salat aus Fleisch und Knochen mit Haaren dazwischen entsteht. Die Riesen tun das nicht gern. Sie sagen: »Die Menschen können schon, sie wollen nur nicht. Es tut uns weh, aber was sein muss, muss sein.« Manchmal werden Unbekannte gerieben, dann wieder Bekannte, die Nachbarn, die Eltern, eine Klassenkameradin, zu der sie schon längst keinen Kontakt mehr hat, die aber trotzdem nicht ihrer Strafe entgeht. Wenn sie zum Beispiel 207607 mit 263 multipliziert und 263 in zwei Hunderter, sechs Zehner und drei Einer zerlegt, lösen die Bilder in ihrem Kopf sich nach und nach auf, werden in den Hintergrund gedrängt, weniger scharf. Die Gewalt wird durchsichtig, die Orgie verblasst.

Lillian kann an ihrem Tresen Menschen empfangen und gleichzeitig kopfrechnen. »Darf ich um Ihren Ausweis bitten?«, fragt sie, während sie rechnet, denn jeder BClever-Besucher muss seinen Ausweis vorlegen. Sicherheit geht über alles.

Nach der Arbeit fährt sie mit dem Rennrad nach Hause. Die Geschäftsräume von BClever liegen in der Nähe des Ikea von Delft. Sie hat erst noch versucht, mit öffentlichen Verkehrsmitteln zur Arbeit zu kommen, aber das war ihr zu umständlich. Außerdem fand sie es unangenehm, von den Leuten im Bus angestarrt zu werden, ja manchmal sogar berührt. Starren ist Schikanieren. Darum nimmt sie das Rennrad, auch wenn es regnet; eine asiatische Prinzessin auf einem Rennrad, es ist doch noch dazu gekommen.

In der Mittagspause sitzen die Mitarbeiter der Firma in einer kleinen Kantine, deren Wände mit Eulen verziert sind – das Logo von BClever ist eine Eule. Wenn die Eulen blau aufleuchten, befindet sich ein Gast in der Kantine und die Mitarbeiter müssen besonders auf der Hut sein, soweit sie das nicht ohnehin schon immer sind. Auf ihrer Website wirbt die Firma mit der eindringlichen Beschwörung: »Ihre Organisation besitzt wertvolle Daten. Sie wollen nicht, dass die in falsche Hände geraten.«

Zu Hause geht sie auf ihr Zimmer, schließt die Tür und stellt über eine VPN-Verbindung Kontakt zu Banri Watanuki her. Sie erzählt ihm von ihrem Tag, mit wem sie gesprochen und was sie getan hat. Manchmal macht er ihr Komplimente, hin und wieder stellt er eine Frage, ganz selten scherzt er. Regelmäßig klopft ihre Mutter an die Tür. Sie will auch wissen, wie Lillians Tag war, fast ständig fragt sie: »Wie gefällt dir die Arbeit? Wie ist es, wieder unter Menschen zu sein?« Doch auf all diese Fragen antwortet Lillian ihr nicht.

Im Wohnzimmer auf dem Buffet steht ein Foto von Lillians Vater, obwohl Lillian an diese Vaterschaft noch immer nicht glaubt. Jeder hat schon einmal darüber fantasiert, adoptiert zu sein, Lillian verfolgen diese Fantasien bis heute. Das überzeugendste Indiz, dass sie tatsächlich die Tochter ihrer Mutter ist, ist der Kuhhintern, aber ein unwiderleglicher Beweis ist das nicht. Oft kommt ihre Mutter zu ihr ins Zimmer, um zu erzählen, wie schwierig es ist, so allein ohne Mann, wie lang die Tage sind, dass sie zwar Junkies mit Rat und Tat beisteht, selbst aber auch manchmal gern Hilfe hätte, und wie oft überkommt Lillian dann der Wunsch, ihre Mutter zu umarmen, sie an sich zu drücken, ihr zuzuflüstern, alles werde wieder gut, sie finde bestimmt einen neuen Mann, aber sie weiß: Mitleid ist nichts als Verachtung. Mitleid würde ihre Mutter nur schwächen, sie demütigen. Sie erweist ihr Respekt, wenn sie sagt: »Ich lasse mir Papas Namen auf die linke Pobacke tätowieren, und wenn du stirbst, kommst du auf die rechte, die ist schon für dich reserviert.« In dieser Aussage kann die Mutter offenbar wenig Respektvolles entdecken. Dass sie nach ihrem Tod auf der rechten Pobacke ihrer Tochter enden soll, stürzt sie in Verwirrung. Eine Schale Oliven in der Hand, weicht sie zurück, schließt die Tür und spricht einen Tag lang kein Wort mehr.

In der oberen Etage von BClever sitzen die echten Nerds. Meist junge Bürschchen, manchmal gerade erst neunzehn, die den ganzen Tag über beobachten, auf welchen Sites und woher und wie Attacken stattfinden. Die meisten Angriffe sind natürlich erfolglos, zu schwach, verdienen kaum wirklich den Namen »Attacke«. Trotzdem müssen auch sie beobachtet werden, jede Sekunde findet irgendwo eine statt. Bevor sie von BClever rekrutiert wurden, machten diese Jungen das auch schon, nur unbezahlt, als Hobby, aus Leidenschaft, reiner Liebe.

Ist solch ein Angriff erfolgreich, muss einer der Jungs manchmal Hals über Kopf los, zu der betreffenden Firma, deren System infiziert ist. Ist der Angreifer erst einmal drin, kann diskrete Informationsübermittlung nur noch auf altmodische Weise erfolgen. Direkt, mündlich, ohne Telefon, Fax und Computer. Der Wurm kann sich im Handumdrehen verbreiten, und ist ein Netzwerk einmal infiziert, darf man kein Risiko eingehen. Dann ist man nirgends mehr sicher.

Immer wieder sieht sie die Jungs aufbrechen, Rucksack um die Schulter, Taxi vor der Tür, der Flug ist gebucht. Manchmal muss sie das erledigen. Geschwindigkeit, darauf kommt in solchen Fällen alles an. Penetrationserkennung steht und fällt mit schneller Reaktion. Bei BClever dreht sich alles um Erkennung. Prävention ist von gestern, ist altmodisch, eine Fiktion, sagen die Männer von BClever. Man kann nichts aufhalten, jeder Schutzwall, den man heute aufschüttet, ist morgen schon wieder Makulatur. Aber sie können die Angriffe rechtzeitig erkennen.

Die Jungs, die oben im Allerheiligsten sitzen, reden nichts, für sie ist reden unrein. In ihrem War Room hält man es nicht lange aus. Mit dreißig ist man schon alt, mit fünfunddreißig ein Rentner. Der professionelle Penetrationsanalyst, der auf höchstem Niveau arbeitet, altert schnell, wie Balletttänzer und Fußballer.

Nach sechs Wochen treuer Tätigkeit – wie es aussieht, wird sie es bei BClever länger aushalten als je an einer Universität – setzt sich in der Mittagspause einer der Nerds zu ihr. Zufall, könnte man sagen, aber es gibt Anzeichen. Die gibt es natürlich überall, worum es geht, ist sie zu entschlüsseln.

Der Junge – sie schätzt ihn zwei Jahre jünger als sich, aber vielleicht wirkt er auch nur so – ist blond und hat nur ein Glas Buttermilch vor sich.

Aggressiv stochert Lillian in ihrem Ziegenkäsesalat herum. Hunger hat sie zu anderen Zeitpunkten, sie luncht, weil es sein muss, sie luncht, um nicht aufzufallen.

Nach ein paar Minuten ungemütlichen Schweigens fragt sie: »Willst du nichts essen? Oder bleibst du bei Buttermilch?« So eine Frage ist untypisch für sie, aber dass er so schweigend und ohne zu essen neben ihr sitzt, macht sie nervös. Der ganze Typ macht sie nervös, sein Körpergeruch, der Schweiß. Sie kann ihn riechen, berühren. Das mag sie nicht. Darum beginnt sie zu reden.

Der Junge starrt seine Buttermilch an, als sei er selbst überrascht, dass kein Käse- oder Salamibrötchen vor ihm auf dem Teller liegt. Als sollte es eigentlich da sein, sei aber aus irgendeinem mysteriösen Grund nicht gekommen.

»Ich nehm nachher noch zwei Scheiben Wassermelone«, sagt er. Er kratzt sich an der Nase, sie sieht eine Hautschuppe durch die Luft schwirren. »Und in welcher Abteilung arbeitest du?«, fragt der Nerd. »Ich hab dich noch nie hier gesehen, glaube ich.«

»Ich bin am Empfang«, antwortet sie, den Blick auf ihren Käsesalat gerichtet. Sie braucht einen Bildschirm, Kontakt ohne Bildschirm ist nichts für sie, Kontakt ohne Bildschirm ist unmenschlich. »Du gehst jeden Tag an mir vorbei, hast du mich echt noch nie da gesehen?«

»Ich glaub nicht«, sagt der Junge. »Aber ich schau auch nicht so genau hin, ich hab mit dem Empfang nichts zu tun. Ich bin kein Besucher.« Er trinkt seine Buttermilch aus. Am rechten Handgelenk trägt er ein Plastikarmband, es könnte von einem Festival oder aus einem

Klub stammen, aber vielleicht ist es auch für einen guten Zweck.

»Ich hol mir einen Saft«, sagt Lillian. »Kann ich dir irgendwas mitbringen?«

»Nein«, antwortet der Junge, »ich such mir meine Melonenscheiben lieber selbst aus. Die Melone muss richtig gut reif sein, sonst kann man sie eigentlich nicht essen. Oft sind das die Melonen hier nicht, fast jeden Tag kriegen wir unreife Melonen vorgesetzt. Ich hab mich deswegen schon ein paarmal beschwert, aber sie tun nichts dagegen. Sie wollen, dass wir zufrieden sind, aber für reife Melonen sorgen sie nicht.«

Lillian ist sich nicht sicher, ob sie jetzt aufstehen soll, um ihren Saft zu holen, oder erst was über die Melonen sagen, die diese Firma ihren Mitarbeitern auftischt. Sie selbst hat mit unreifen Melonen noch keine Probleme gehabt, aber vielleicht liegt das an ihrem unterentwickelten Geschmackssinn.

Sie steht auf. »Magst du kein anderes Obst?«

»Ehrlich gesagt nein«, antwortet der Junge, während er mit seinem leeren Glas spielt. Er schaut sie nicht mehr an, alle Aufmerksamkeit gilt nur noch seinem Spiel.

Sie kommt mit dem Saft zurück. Er sitzt immer noch da, das Glas drehend, nachdenklich, ein bisschen gelangweilt und doch angespannt.

»Ich bin Lillian«, sagt sie, als sie wieder sitzt. In der besseren Welt sagt man nie seinen Namen, jedenfalls nicht den, den sie einem bei der Geburt aufgehalst haben, mit dem sie einen aufspüren können, erwischen, doch hier, in dieser unvollkommenen Welt, muss sie das Verhalten produzieren, das man von ihr erwartet, und das tut sie, jeden Tag aufs Neue.

»Ich bin Seb«, sagt er. Er gibt ihr nicht die Hand, starrt nur auf das dreckige Glas vor sich. Von den Buttermilchresten, die am Glas kleben, wird ihr beinahe schlecht.

»Seb?«

»Seb von Sebastian. Niemand nennt mich bei meinem vollständigen Namen. Viele wissen nicht mal, dass ich so heiße, alle nennen mich Seb.«

Er steht auf, jäh, ruckartig, als sei er wütend; aggressiv schiebt er den Stuhl nach hinten und kommt kurz darauf mit zwei Scheiben Wassermelone zurück. Er setzt sich neben sie und sagt: »Ich werde jetzt schlürfen. Wenn dich das stört, musst du dich woanders hinsetzen.«

»Schlürfen ist kein Problem«, antwortet Lillian. »Nur Schmatzen finde ich eklig.«

»Ich schmatze nicht«, sagt Seb, »ich schlürfe«, und dann legt er los, obwohl »schlürfen« für das, was er da tut, noch eine Untertreibung ist. Seb stürzt sich auf die Melone, als sei er nicht von Menschen, sondern von Wölfen erzogen; er zerfetzt die Stücke, kratzt mit den Zähnen den letzten Rest Fruchtfleisch herunter, all das mit einer Geschwindigkeit und Konzentration, als könnten Wärter ihm das Essen jeden Moment wieder wegnehmen. Danach wischt er sich den Mund und die Hände an einer Papierserviette ab, rollt die so lange in den Händen, bis nur noch ein schmuddliger Klumpen übrig bleibt, legt den neben die Melonenreste und sagt auf die gleiche unterkühlte Art wie eben: »Man muss mit Leidenschaft essen, sonst kann man es genauso gut lassen.«

Eigentlich sollte sie schon wieder am Empfang sitzen, aber sie will das Gespräch ordentlich abschließen, noch etwas von dem Verhalten produzieren, das, wie sie gelernt hat, zu produzieren am vorteilhaftesten ist: normales Verhalten.

»Wo wohnst du?«, fragt sie.

»Das geht dich nichts an«, antwortet er. »Irgendwo. Das muss genügen. Ich wohne. Punkt, aus. Ich meine, ich arbeite da oben.« Er macht eine kleine Bewegung mit dem Kinn und schaut sie einen Moment lang verächtlich an. »Solche Art Fragen solltest du in dieser Firma besser nicht stellen.«

»Ich bin noch neu hier.«

Seb steht auf. »Geht aber trotzdem nicht«, sagt er, »und wo ich wohne, spielt außerdem keine Rolle. Hast du keine Einweisung bekommen?« Er geht zu dem Tresen, wo man das schmutzige Geschirr abstellen soll.

Sie folgt ihm. »Doch, hab ich«, sagt sie, »aber nicht darüber. Entschuldige.«

»Mit diesem Gespräch vertue ich meine Zeit«, erklärt er, während er sein leeres Glas und den Teller mit den Melonenschalen auf ein überfülltes Tablett zu bugsieren versucht. »Für wen arbeitest *du* eigentlich?«

Plötzlich geht Lillian ein Licht auf, es ist seine Wortwahl, vielleicht mehr noch die Art, wie er sie schalkhaft angesehen hat, dieser Moment, als er seine knurrige, unwirsche Maske für einen Moment fallen ließ, dieses: »Für wen arbeitest *du* eigentlich?«

Banri Watanuki – *er* ist es. Er hat sie hierhergelockt. Wegen ihm ist sie hier. Sie hatte ihn sich anders vorgestellt, mit dunklerer Haut und auch älter, aber okay, die Fantasie trügt, Worte rufen Bilder hervor, die nicht mit der Wirklichkeit übereinstimmen müssen, man muss sich auf die Ursprünge richten, und der Ursprung ist er. Banri Watanuki ist der Ursprung.

»Schönen Tag noch«, sagt er. Er dreht sich um und geht weg.

Verwirrt kehrt Lillian aus der Pause zurück. Sie hat ihn gesehen, hätte ihn anfassen können. In diesem Zustand setzt sie sich an ihren Platz. Sie beginnt kopfzurechnen.

Da kommt Axel vorbei. Er fragt, ob alles in Ordnung sei, sie sehe so blass aus.

»Ich bin immer blass«, antwortet sie. »Ich hab eine blasse Haut von Natur.«

Axel schaut sie forschend an. Will er sie fragen, was sie von Natur aus noch ist? »Könntest du morgen kurz in mein Büro kommen?«, fragt er. »Deine Probezeit ist fast um, wir müssen mal sehen, ob es uns noch miteinander gefällt.«

An dem Nachmittag fährt sie schneller nach Hause als sonst. »Ich hab dich gesehen«, möchte sie schreiben, aber sie weiß, dass das gegen die Regeln verstößt. Sie loggt sich ein, chattet mit Banri, erzählt ihm von ihrem Tag. Er wirkt zufrieden. Einen Moment lang möchte sie fragen, ob er eine besondere Vorliebe für Melonen hat, doch ihr ist klar, dass auch diese Frage zu weit geht, die Zeit ist noch nicht reif. Sie darf die Regeln nicht verletzen.

Lillians Mutter läuft mit einem Teller Käse durchs Haus. In der Küche spricht sie Lillian an. »Ich hab nachgedacht«, sagt sie, während sie Lillian ein Stück Käse anbietet, »nach meinem Tod will ich lieber nicht auf deinen linken Po. Nimm etwas Senf dazu, der ist lecker.«

»Rechter Po«, korrigiert Lillian, »der linke ist für Papa. Ich hab schon einen Termin im Tattoostudio, bald kommt er drauf. Papas Name.«

»Ich will einfach nicht auf deinem Po enden. Weder rechts noch links. Wenn's dir nichts ausmacht.«

Lillian nimmt ein Stück Käse und taucht es in den Senf. Obwohl sie eigentlich keinen Käse mag, verstößt sie manchmal gegen ihre Grundsätze. Leben ist Sündigen, Sterben ist Buße. »Ich finde, dass dich das eigentlich nichts angeht, wohin ich mir deinen Namen tätowieren lasse und wann. Ich tu es für mich. Als Erinnerung. Wenn ich auf meinen Po sehe, sehe ich euch, dann weiß ich: Das waren meine Eltern. Sie haben mich in die Welt gesetzt, sie haben mir diesen Körper gegeben.«

»Aber wer schaut sich schon selbst auf den Po, Lillian? Wer macht so was?« Ihre Mutter klingt verzweifelt, als sei sie alle Argumente in der Nacht durchgegangen und wolle sie nun eins nach dem anderen auf Lillian abfeuern.

»Ich. Jeden Tag. Manchmal auch zweimal. Dann stell ich mich vor den Spiegel und betrachte meinen Po. Ich lass eure Namen in Spiegelschrift draufschreiben. Damit ich euch nie vergesse. Aber du kommst erst nach deinem Tod drauf.«

»Tu's nicht«, sagt ihre Mutter. Sie hat Käse und Senf auf

die Anrichte gestellt, ihre Stimme klingt hoch und schrill, als müsse sie jeden Moment losheulen. Lillian weiß, sie hat ihren Eltern Kummer bereitet, indem sie Abend für Abend auf ihrem Dachzimmer saß, erst mit den Paprikachips und in letzter Zeit, auf dringenden Rat Banris, mit rohem oder fast rohem Gemüse, indem sie kein Studium zu Ende machte, keinen Freund hatte. »Wird es nicht langsam Zeit für einen Freund – oder eine Freundin, das geht auch?«, hatte ihre Mutter vor fünf Jahren schon gefragt. Und ungefähr drei Jahre später überfielen ihre Eltern sie auf dem Weg ins Bad: »Kriegen wir irgendwann noch ein Enkelkind?« Dabei hatten sie sie so flehentlich angesehen, dass Lillian fast weinen musste. Aber sie nahm sich zusammen, sie war nicht auf der Welt, um ihren Eltern einen Enkel zu schenken. Sollte *das* ihre Aufgabe sein? War das der Zweck ihres Fleisches? »Ich glaube nicht«, hatte sie geantwortet, »das mit dem Enkelkind wird nichts, aber ihr könnt doch eins adoptieren.« Schweigend waren die Eltern die Treppe hinuntergegangen, zweifellos fest entschlossen, sich die Enttäuschung nicht anmerken zu lassen. Sie mussten Lillian schonen. Lillian kannte diesen Vorsatz, denn eines Abends hatte sie ihre Eltern miteinander reden hören. Lillian ist ein bisschen krank, sagten sie, wir müssen ihr helfen. Und wir müssen es selbst tun, ohne Außenstehende, von denen wird sie nur kränker. Und wir dürfen nicht zu viel Druck auf sie ausüben, keinen Druck. Dann verschließt sie sich nur noch mehr vor uns.

Gemurmel, Geflüster, ihr Vater trinkend, die Mutter Schokolade essend, Tee kochend, vom Wohnzimmer in die Küche gehend, noch mehr redend, jammernd, hin und wieder hysterisch auflachend, als sei die Tochter ein Clown, der seinen Eltern ein unerhörtes Vergnügen bereitet.

Keinen Druck, das hatte Lillian gefallen, ja, ihre Eltern waren gut dressiert. Sie schienen sogar etwas Angst vor ihr zu haben, was logisch war, obwohl sie natürlich nicht wussten, dass sie einen Racheengel in die Welt gesetzt hatten.

Ihre Tochter war eine Frau, die unschuldig aussah, aber dazu bestimmt war, den widerlichsten Verbrechern die schlimmsten Sanktionen zu erteilen. Nicht lange nach der Frage wegen des Enkels hatte die Mutter gesagt: »Ich hab eine Kollegin, die hat einen netten Sohn, ungefähr in deinem Alter. Soll ich den mal zum Essen einladen? Ganz unverbindlich natürlich.«

»Nein«, hatte Lillian geantwortet und hinzugefügt: »Komm mir nie wieder mit so einem Vorschlag!«

»Aber du hast doch keinen Freund?«, fragte die Mutter. In ihrer Stimme klang Zweifel. Hatte sie etwas übersehen? Wohnte auf dem Dachboden bei ihrer Tochter vielleicht heimlich ein Mann?

»Ich hab keine Titten, und ich hab keinen Freund«, antwortete Lillian. »Zwei Dinge, die ich nicht habe, aber dafür hab ich eine Menge anderes.«

Danach kam ihre Mutter nie mehr auf das Thema zurück.

Rules of the internet: #36

*There will always be even more fucked up shit
than what you just saw*

Axel führt sie in ein Besprechungszimmer. Er geht ihr voraus mit dem üblichen Selbstvertrauen, das ihr imponiert, das sie aber zugleich auch verächtlich und lächerlich findet.

»Möchtest du einen Tee oder Kaffee?«, fragt er im leeren Zimmer, dessen Einrichtung vor allem darauf aus zu sein scheint, allen anderen Besprechungszimmern auf der Welt zu gleichen.

»Tee«, sagt sie, um schnell hinzuzufügen: »Bitte.«

Er holt ihr einen Tee. Auf der Untertasse liegt ein Keks. Axel trinkt nichts. Er nimmt seinen Laptop. Sie kann nicht genau sehen, was er tut, aber sie wartet ruhig ab.

»So«, sagt er, doch er redet nicht weiter, er liest etwas, tippt, sagt noch einmal »so«, und sie versucht, seine Sommersprossen zu zählen.

Endlich ist er fertig mit Tippen, er schaut sie an. »Gefällt es dir hier?«, fragt er. »Bei uns? In anderen Firmen reden sie immer vom ›Team‹, ich bevorzuge den Begriff ›Familie‹, bei BClever bilden wir alle zusammen eine Art von Familie.«

»Es gefällt mir«, antwortet sie.

»Du langweilst dich nicht?«

»Nein.«

»Aber irgendwann wirst du dich vielleicht doch langweilen?«

»Ich glaube nicht.«

»Du bist intelligent.«

»Danke.«

»Intelligente Menschen langweilen sich schnell.«

»Ein bisschen Langeweile macht mir nichts aus, vielleicht bin ich doch nicht so intelligent.«

Ein Lächeln zieht über Axels Gesicht.

Sie beißt in den Keks.

»Wir wollen wachsen«, sagt Axel, »aber wir wollen, dass unsere Angestellten mitwachsen, nicht, dass Familienmitglieder an einer Stelle festsitzen, die sie eigentlich langweilt. Jetzt bist du vor allem am Empfang und erledigst unterstützende Tätigkeiten für den einen oder anderen. Wie gefällt dir das?«

»Was meinst du?«

»Wie gefällt es dir, Menschen zu empfangen? Du bist unsere Rezeptionistin. Da bist du doch ein bisschen die Torwächterin unserer Firma, das Einleitungsstatement, das der Besucher wahrnimmt. Es ist ein verantwortungsvoller Posten. Das erste Statement von BClever bist du.«

»Ich empfange gern Menschen. Zum Glück machen sie es mir hier aber auch leicht. Ich finde es gut, das erste Statement von BClever zu sein.«

Axel nickt. »Aber die Wachstumsmöglichkeiten liegen

im Bereich der unterstützenden Tätigkeiten. Jetzt erledigst du die mal für den einen, mal für den anderen, besser wäre es, du würdest dich auf *eine* Person konzentrieren. Das könnte ich sein, aber auch jemand anders. Ich rede jetzt nicht über nächsten Monat oder nächstes Quartal, aber wir sind eine Familie und wollen unseren Mitgliedern möglichst abwechslungsreiche Perspektiven bieten, nicht nur immer das Gleiche bis zur Rente. Wir sind anders als andere Firmen.«

Eine Pause entsteht. Axel blickt auf seinen Laptop. Lillian trinkt Tee. Sie ist verwirrt, sie muss mit dem Sommersprossenzählen von vorn anfangen.

»Wenn dich das interessiert und du mit uns mitwachsen möchtest, könnte ich dich unter meine Fittiche nehmen. Ich sehe großes Potenzial in dir, ich denke, wir können dich zu einer perfekten Assistentin ausbilden. Vielleicht sollten wir irgendwann mal was zusammen essen, dann können wir ein paar Dinge in Ruhe besprechen. Ich weiß nicht, was du gern isst.«

Sie ist jetzt bei vierzehn. Aber es gibt Zweifelsfälle: Ist das da zum Beispiel eine Sommersprosse, oder ist es etwas anderes? Hautkrebs? Ein schlecht verheilter Schnitt vom Rasieren?

»Ich bin ein komplizierter Esser und außerdem Vegetarierin.«

Axel muss herzlich lachen.

»Das trifft sich gut, ich bin Veganer, ich esse nichts, was vom Tier kommt. Am liebsten habe ich Rohkost, Feuer tötet alle lebendigen Bestandteile der Nahrung. Im Grunde lebe ich von Nüssen, in Nüssen steckt alles. Natürlich kann man Leute nicht vor den Kopf stoßen, nicht in meiner Position jedenfalls, wenn es sein muss, esse ich auch eine Pizza Margarita, aber ansonsten besteht meine Diät ausschließlich aus Nüssen.«

Sie ist jetzt bei neunzehn.

»Ich bin Vegetarierin«, wiederholt sie, »nur manchmal nasche ich. Lakritz, Weingummi. Ich kann es nicht lassen.«

Axel nickt. »Das kenne ich.« Er holt eine Tüte Nüsse aus seiner Hosentasche. »Ich geb dir das mit«, sagt er, »das sind Mandeln, die musst du eine Nacht in lauwarmem Wasser einweichen. Gibt einen völlig anderen Geschmack. Ich sag immer: Weicht Mandeln und Walnüsse ein, esst sie, wenn die Nüsse schön feucht sind, und ihr werdet staunen, der Geschmack haut euch um! Ich denke, du kannst sehr gut unterstützende Aufgaben für mich erledigen. Du gehörst zur Familie, das spüre ich. Diese Familie ist deine Familie. Bald essen wir mal zusammen. Ich kann dir eine vegane Mahlzeit zubereiten, wenn du das magst, vor allem Nusskäse. Lass ich mir extra aus der Schweiz kommen. Einmalig! Nein, das wird aufregend, zusammen Nusskäse essen, das wird total spannend und gemütlich.«

Sie nimmt die Tüte entgegen. Sie ist ein bisschen verdattert.

»Nicht vergessen«, sagt er, »erst einweichen. Dann essen. Als hättest du den jungen Frühling im Mund!«

Sie schüttelt ihm die Hand. »Abgemacht also«, beendet er die Besprechung, »du bleibst bei uns.«

Lillian weiß nichts mehr zu sagen, sie nickt nur, schüttelt ihm noch einmal die Hand, geht zur Tür. Er hat sie überrumpelt. Wenn Axels Verhalten in einer Firma wie dieser normal ist, muss sie ihre Verhaltensproduktion vielleicht doch ändern. Ihre Vorstellungen von Normalität haben in kurzer Zeit einen ziemlichen Zerfall durchgemacht.

Es regnet. Sie hat eine Regenjacke, ein altes Ding, noch von ihrem Vater. Sie trägt auch seine Oberhemden, sie passen ihr. Der Mann ist doch tot, wegwerfen wäre Verschwendung. Heute aber hat sie die Jacke nicht dabei, als sie am Morgen aus dem Haus ging, schien noch die Sonne.

Sie beugt sich über ihr Fahrrad, ruckelt am Schloss, und als sie es aufbekommen hat, spürt sie, wie jemand ihr auf die Schulter tippt. Sie denkt an Axel, vielleicht will er ihr noch ein paar Nüsse mitgeben, Nüsse, die man nicht einweichen muss, sondern vor dem Verzehr eine Nacht in Pflanzerde stecken.

Es ist Seb.

»Mitfahren?«, fragt er.

Er trägt Turnschuhe, eine Jeans und ein T-Shirt. Seb muss eine ganze Weile im Regen gestanden haben, denn er ist triefnass. Die Tropfen laufen ihm die Wangen hinunter und übers Kinn. Sie schaut ihn fasziniert an.

»Mitfahren?«, fragt er noch einmal.

»Wohin fährst du?«, fragt sie zurück.

»Den Haag.«

»Da muss ich auch hin.« Sie zögert.

»Du kannst mit«, präzisiert er.

Sie schließt ihr Rad wieder an, folgt ihm zu seinem Auto.

Er fegt Krümel vom Beifahrersitz. »Entschuldigung«, sagt er, »für den Dreck.«

Sie setzt sich, schaut ihn einen Moment genau an. Kurz, aber konzentriert, damit sie sein Gesicht nicht vergisst. Er ist wirklich völlig durchnässt, als sei er in seiner Kleidung geschwommen. Ist *er* Banri Watanuki? Andererseits, wenn er es nicht wäre, warum sollte er sie dann zum Mitfahren einladen? Niemand in der Firma hat das bisher getan, nicht mal bei Regen.

Auf dem Rücksitz steht etwas, das wie ein Käfig aussieht. Er folgt ihrem Blick. »Für die Katze«, erklärt er, »sie muss zum Arzt.«

Banri hat also eine Katze. Warum auch nicht? Sie selbst hat zu ihrem Bedauern nie Haustiere gehabt, ihre Eltern waren dagegen. Nach deren Meinung waren Tiere dazu da, erforscht oder gegessen zu werden.

»Hast du lange im Regen gestanden?«, fragt sie.

»Ich bin ein bisschen über den Parkplatz gelaufen, das mache ich manchmal, bevor ich nach Haus geh. Nach der Arbeit muss ich mir ein bisschen die Beine vertreten, meine Gedanken ordnen, darum drehe ich ein paar Runden bei den Autos. Mir macht Regen nichts aus. Ist wie duschen, nur kälter.«

Er startet den Wagen. Dann schweigen sie beide, ungefähr eine halbe Stunde, bis er sagt: »Das hier ist meine Straße.«

Sie weiß nicht, was sie darauf antworten soll. Vielleicht ist Interessiert-nach-draußen-Schauen das Beste. Er fährt ein Stück weiter, dann sagt er: »Und hier wohne ich.«

»Schön«, sagt sie.

So interessiert wie möglich betrachtete sie das Gebäude, auf den ersten Blick ein ganz gewöhnliches Mietshaus. Nicht übermäßig schön, eher hässlich.

»Du erwartest vielleicht, dass ich dich nach oben bitte, aber das werde ich nicht tun«, sagt Seb.

Er starrt vor sich hin, auf die quietschenden Scheibenwischer, die auf höchster Stufe hin- und hergehen. So eine Bemerkung würde zu Banri passen, denkt sie. Er weiß, was sie erwartet, aber er gibt es ihr nicht, sie ist noch nicht reif dafür. Erwarte nichts, und du wirst alles bekommen. Das ist Banri Watanuki. Aber sie will überhaupt nicht mit ihm nach oben, sie will an ihren Laptop, mit ihm kommunizieren, auf die übliche Weise, die ihr am besten gefällt.

»Jetzt weißt du, wo ich wohne«, sagt Seb mit abgewandtem Gesicht, »missbrauche das nicht. Eigentlich tut es mir leid, dass ich so ruchlos war, aber manchmal bin ich das eben. Nicht oft, manchmal. Ich wüsste es zu schätzen, wenn du meine Adresse wieder vergisst.«

»Ich werd sie vergessen«, sagt sie. »Um ehrlich zu sein, ich hab nicht mal auf den Straßennamen geachtet, ich weiß gar nicht, in welcher Gegend wir sind.«

Er reagiert nicht. Durch das nasse T-Shirt kann sie seinen Körper sehen, er schimmert hindurch wie seinerzeit das Schwein durch den Körper der Eltern.

»Augen zu«, sagt er.

»Warum?«

»Ich fahr dich nach Hause. Aber ich will nicht, dass du den Weg zurückfinden kannst. Meine Ruchlosigkeit tut mir leid. Mach die Augen zu, dann bring ich dich nach Hause.«

Hinter ihnen wird gehupt. Banri startet das Auto, tippt mit dem Finger aufs Lenkrad und fragt: »Sind deine Augen zu?«

»Ja.«

»Wo wohnst du?«

Sie nennt ihm die Adresse.

Jetzt ist sie sich fast sicher: Seb und Banri sind ein und derselbe. Banri ist genau der Typ, der sagen würde: »Augen zu«, wenn sie neben ihm im Auto sitzt. Und sie hält die Augen geschlossen. Sie braucht nicht zu wissen, wo er wohnt. Banri wohnt in ihr.

Als sie vor der Tür ihres Elternhauses stehen, fragt sie: »Magst du eigentlich Anime?«

»Was ist das?«

»Japanische Animationsfilme.«

»Nein«, sagt er, »ich mag Katzen. Ich habe fünf.« Auf fast kindliche Weise streckt er die Hand empor. Fünf Finger, fünf Katzen. Ein bisschen schade findet sie es, dass er sich nicht zu erkennen gibt, aber sie kann es verstehen. Banri Watanuki führt verschiedene Leben, und sein hiesiges ist nur ein Wurmfortsatz des echten Banri, der nur online zu finden ist. Das Anhängsel, das auf den Namen Seb hört und sich redliche Mühe gibt, sozial erwünschtes Verhalten zu zeigen, ist nichts im Vergleich zum wahren Banri. Sein wahres Leben ist irgendwo anders, wie das von Lillian.

»Wie komme ich morgen zur Arbeit?«, fällt Lillian ein,

als sie schon ausgestiegen ist und die Tür zugeworfen hat. »Mein Fahrrad steht noch in Delft.«

Sie klopft auf das Auto, ein blauer Renault, sie öffnet die Tür. »Mein Fahrrad steht noch vor der Firma«, sagt sie, jetzt etwas ruhiger. »Wie komme ich morgen zur Arbeit?«

Seb denkt nach.

»Ich hole dich ab«, sagt er, »halb sieben bin ich da.«

»So früh?«

»Du kannst auch mit den Öffentlichen. Wenn dir das zu früh ist.«

»Halb sieben«, sagt sie, »ich werde hier stehen.«

Sie geht auf ihr Dachzimmer, findet in der Hosentasche die Nüsse, deponiert sie neben dem Rechner. Dann legt sie sich aufs Bett. Sie ist erschöpft.

Spät am Abend wird sie wach. Sie füllt ein Glas mit Wasser und tut Axels Nüsse hinein. Dann nimmt sie zu Banri Watanuki Kontakt auf.

Rules of the internet: #21

Original content is original only for a few seconds before getting old

Am nächsten Morgen um fünf vor halb sieben stellt Lillian sich vor das Haus. Ihre Mutter schläft noch, doch Seb ist schon da. Er trägt dieselbe Kleidung wie gestern, nur ist sie jetzt trocken. Sie steigt ein. Er murmelt etwas Unverständliches, vermutlich eine Begrüßung. Oder war es vielleicht doch mehr als ein Gruß? Es klang wie drei ganze Sätze. Lillian riecht Katzen. Gestern war ihr das nicht aufgefallen, aber es kann sein, dass der Regen den Katzengeruch von ihm abgespült hatte.

Als sie auf der Autobahn sind, fragt sie: »Fährst du immer so früh zur Arbeit?«

»So komme ich nicht in den Stau, aber das ist nicht der Grund, warum ich so früh anfange. Ich hab viel zu tun.« Dann hüllt er sich wieder in Schweigen, und auch Lillian sagt nichts mehr.

Der BClever-Parkplatz ist beinahe leer. Sie sieht ihr Fahrrad immer noch da stehen, das Rennrad, das sie zum fünfzehnten Geburtstag von ihrem Vater bekommen hat, um zusammen mit ihm durch Frankreich zu touren.

Lillian will aussteigen, doch Seb bleibt sitzen. »Hast du gefrühstückt?«, fragt er.

»Nicht richtig. Und du?«

»Ich frühstücke nie viel. Ich füttere die Katzen, dann esse ich ein Rosinenbrötchen. Ich hab einen ordentlichen Vorrat zu Hause.« Mit verblüffender Geschwindigkeit zieht er eine Tüte Rosinenbrötchen hervor. »Möchtest du eins?«, fragt er. »Sie sind frisch.«

Sie zögert einen Moment, greift dann aber doch zu. Auch er bedient sich. Kein Wort über Schmatzen oder Schlürfen diesmal. Schweigend essen sie und starren auf das Firmengebäude, die vorüberziehenden Wolken, die Autos auf der nahe gelegenen Autobahn, dann sagt Seb: »Ich wüsste es sehr zu schätzen, wenn du mit niemandem hierüber sprichst.«

»Worüber?«

Er puhlt sich ein hartes Stückchen Rosine zwischen den Zähnen hervor und wirft es aus dem Fenster.

»Dass ich dich gestern mitgenommen habe, dass wir jetzt zusammen Rosinenbrötchen essen. Sag es niemandem.«

»Werd ich bestimmt nicht. Ich rede nie viel.«

Seb macht Anstalten, das Auto zu verlassen, bleibt aber trotzdem sitzen. Er schaut auf die Uhr, stopft die Tüte mit den übrigen Rosinenbrötchen ins Handschuhfach.

»Was machst du eigentlich mit den Katzen, wenn du verreist?«, fragt Lillian, die das Gefühl hat, dass selbst die Rosinenbrötchen nach Katze riechen.

»Ein Mädchen aus der Nachbarschaft kümmert sich um sie, aber ich bin nicht oft weg.«

Er steigt aus dem Auto, wartet noch, bis auch sie ausgestiegen ist, und geht dann schnell ins Gebäude. Fast könnte man sagen, er rennt. Er hält ihr nicht die Tür auf, scheint sie völlig vergessen zu haben. Erst am Eingang fällt Lillian ein, dass sie keinen Schlüssel hat. Lillian schließt morgens nicht auf und abends nicht ab, sie sitzt ausschließlich am Empfang, lächelt, produziert normales Verhalten. Sie sucht eine Klingel, aber es ist keine vorhanden. Klingeln haben für eine Firma wie BClever natürlich keinen Sinn, sie sind sogar ausgesprochen unerwünscht. Wer nicht angemeldet ist, braucht auch nicht hereinzukommen. Die Kamera sieht, wenn jemand – ein Besucher oder Mitarbeiter wie sie – ohne Schlüssel vor der Tür steht, und teilt es dem Empfang mit.

»Seb!«, ruft sie. »Ich hab keinen Schlüssel, mach die Tür auf. Seb!«

Doch er hört sie nicht mehr, er ist schon in den War Room weitergelaufen. Sie bleibt einen Moment stehen, hofft, dass er seinen Irrtum bemerkt, ihr die Tür doch noch aufmacht, dass alles ein Spaß war, eine kleine Neckerei, doch nach ein paar Minuten begreift sie, dass das nicht geschehen wird. Sie geht zu Sebs Auto; es ist abgeschlossen.

Sie starrt auf das Gebäude, irgendwo hinter einem der Fenster sitzt Seb, aber sie wagt nicht, noch einmal zu rufen. Ob er sie sieht? Ab und zu aus dem Fenster späht, um nachzusehen, was sie auf dem Parkplatz so treibt? Beobachtet er sie?

Die Ratte hat sie gebissen, jäh und schmerzhaft. Warum musste Banri sie so behandeln? Womit hat sie so einen Tritt in die Magengrube verdient? Sie tut, was er sagt. Er wollte, dass sie sich bei BClever bewirbt, und das hat sie getan. Sie hält ihn auf dem Laufenden, obwohl es im Grunde nichts Berichtenswertes gibt, und weil er selbst bei BClever arbeitet, versteht sie nicht, was sie dort eigentlich soll, aber eine Mission ist eine Mission, und fragen kann sie hinterher immer noch, wenn die Mission zu Ende ist. Der Rattenbiss hinterlässt in ihr ein Gefühl der Verbitterung. Oder wird sie auf die Probe gestellt? Ist Seb ihre Prüfung?

Lillian geht zu ihrem Fahrrad, stellt sich daneben und wartet, dass BClever die Türen für seine normalen Mitarbeiter öffnet.

Ein Test, es ist ein Test. Ihr Freund und geistiger Führer traut ihr noch nicht ganz. Sie hat noch einen langen Weg vor sich, bevor sie sein Vertrauen wirklich gewinnt, soweit man das überhaupt je gänzlich gewinnen kann.

Als leichter Regen einsetzt, geht sie zum Eingang zurück, wo sich eine Überdachung befindet. Anders als Seb will sie nicht nass werden. Regen ist nicht wie eine Dusche, nur kälter; Regen ist Regen. Wie eine Obdachlose steht sie unter dem Vordach und bibbert. Kurz vor halb neun kommt Axel mit seinem Audi. Er steigt aus, das Jackett an einem Finger auf dem Rücken baumelnd; ein Mann, für den Lässigkeit das Wichtigste im Leben zu sein scheint.

Er ist freudig überrascht, sie zu sehen. »So früh schon?«, fragt er. »Ist sonst noch niemand da? Ging deine Uhr vor?« Er schließt auf. »Vor neun brauchst du wirklich nicht zu kommen«, sagt er in seinem üblichen jovialen Ton. »Produktivität wird nicht in Bürostunden gemessen.« Er fasst sie kurz an der Schulter. Sie schaut ihn bestrafend an.

»Geh in die Kantine«, sagt Axel. »Mach's dir gemütlich, ruh dich noch ein bisschen aus.« Offenbar meint er, es gebe etwas, wovon sie sich ausruhen müsse, aber vielleicht ist es auch nur ihr Misstrauen, das ihr diesen Verdacht eingibt.

Mit einer Tasse Pfefferminztee setzt sie sich in die leere Kantine. Sie trägt ein blaues Oberhemd ihres Vaters, das ihr etwas zu groß ist, und darüber ihre heiß geliebte Jeansjacke. Eine Firma wie BClever kennt keine Kleidungsvorschriften, obwohl sie erst einmal jemanden in kurzen Hosen gesehen hat.

Mit einem Jasmintee setzt sich Axel zu ihr, presst die Fingerspitzen an die Schläfen, schaut Lillian prüfend an. Endlich sagt er etwas: »Prävention ist passé, Prävention ist ein Konzept der Vergangenheit. Angriffserkennung, darum dreht sich jetzt alles. Man muss die Angreifer in die Falle locken, mit einem Honigtopf zum Beispiel. Andere IT-Leute reden immer von ›Honeypot‹, ich bevorzuge ›Honigtopf‹, vom Englischen wird der Ausdruck auch nicht besser. Jedem, der heute ein System entwickelt, rate ich, gleich einen Honigtopf mitzuimplementieren und immer auf dem neuesten Stand zu halten. Auf den stürzen sich dann die Angreifer, man sieht sie regelrecht drin sitzen. Und lass sie vor allem dadrin; je länger sie bleiben, desto besser – desto besser kannst du herausfinden, wonach sie suchen, was sie wollen. Und wenn du das weißt, kannst du auch rauskriegen, wer sie sind. Lass sie im Ungewissen, beobachte sie. So einen Honigtopf brauchen übrigens nicht nur Systeme, auch Menschen sind unzuverlässig, unlogisch, sie sind zerstreut, leicht zu verführen, geben Informationen preis, die sie nicht preisgeben dürften. Auf dem Parkplatz finden sie einen USB-Stick und stecken ihn in den Computer, schnell mal sehen, was auf dem Stick drauf ist, und da ist es auch schon passiert. Die Datei, der Wurm, ist im System und verbreitet sich rasend schnell auf andere Computer, über das ganze System und alle angeschlossenen Netzwerke. Manchmal müssen wir einen menschlichen Honigtopf einsetzen. Überall gibt es Malware, überall wird welche entwickelt. Regierungen, Kriminelle – die Terroristen hinken noch ein wenig hinterher, aber die werden uns einholen, auch sie werden die Malware entdecken. Einen großen Teil unserer Einnahmen generieren wir mit sogenannten Pentests. Firmen kommen zu uns und sagen: ›Wir möchten gern wissen, wie sicher unser System ist: Versucht, bei uns einzudringen, und teilt uns dann mit, ob und wie es geklappt hat. Denn wenn ihr bei uns eindringen könnt, gelingt es auch anderen.‹ Und dann gehen wir an die Arbeit. Natürlich fragen wir vorher, wie weit wir gehen dürfen, aber wenn sie uns ihr Okay geben, alle Mittel einzusetzen, ohne Schaden anzurichten natürlich, dann tun wir das auch. Dann setzen wir alle Mittel ein. Im Dienst des Kunden natürlich. Dann kommen auch die menschlichen Honigtöpfe zum Einsatz. Man muss die Schwachstellen herausfinden und eliminieren. Das ist der Kern unseres Konzepts, das ist ›Erkennung‹.«

Noch immer hält er die Finger an die Schläfen gepresst, hat noch nichts von seinem Jasmintee getrunken. Für einen Moment scheint er etwas von seiner üblichen Gutgelauntheit verloren zu haben, von einer gewissen Schwermut ergriffen. Doch dann kehrt seine Jovialität mit unverminderter Frische zurück. »Den Penetrationstest«, sagt er, »hab ich hier entwickelt, aus dem Boden gestampft, möchte ich sagen, der Penetrationstest ist mein Baby. Gelingt es uns, ins Firmennetz einzudringen, darum geht es. Kommen wir überall rein? Oder gibt es Bereiche, wo uns das nicht gelingt? Und wann wird entdeckt, dass wir drin sind? Denn reinkommen ist nicht die Kunst, reinkommen und nicht entdeckt werden, das ist es. Ich leite das Team, das die Penetrationstests durchführt. Irgendwann, hoffe ich, wirst du mir dabei helfen. Mein voriger Assistent musste leider aufhören. Er liegt im Krankenhaus, sehr ärgerlich, aber er kommt vorläufig nicht wieder. Du bist intelligent, Lillian, um so einen Honigtopf zu kreieren, muss man intelligent sein. Hast du die Nüsse, die ich dir gegeben habe, schon eingeweicht?«

Sie nickt.

»Und?«

»Schmecken sehr gut.«

»Anders als sonst, nicht wahr? Frischer.«

»Ja«, sagt sie, »frischer. Viel frischer.«

Er geht davon, wie Leute davongehen, die frische Nüsse essen und selbst ebenfalls vor Frische strotzen. Seinen Jasmintee hat er nicht angerührt.

Sie stellt die Tassen auf den Geschirrtresen. Dann setzt sie sich an den Empfang. Sicherheitshalber. Es gibt noch nichts zu tun, aber sie setzt sich schon mal, dienstbeflissen, wie sie ist. Sie sitzt da im Oberhemd ihres toten Vaters: Lillian, Produzentin normalen Verhaltens.

Punkt zwölf kehrt sie in die Kantine zurück, um Seb, der eigentlich Banri Watanuki ist, nicht zu verpassen, aber er erscheint nicht. Sie isst schleppend, kaut träge, nimmt einen Tee, dann noch einen Birnensaft. Eine geschlagene Stunde bleibt sie so sitzen, niemand sagt etwas deswegen, auf drei Kaugummi gleichzeitig kauend sitzt sie da, ohne mit jemandem zu reden, und wartet auf Seb. Zuletzt geht sie notgedrungen an ihren Empfangstresen zurück. Ein Leben ohne Banri Watanuki kann sie sich nicht mehr vorstellen. Manchmal beschleicht sie der Verdacht, sie sei ein Gedanke Banris, einer von vielen, mehr nicht, und der Schmerz, den sie empfindet, rühre daher, dass der Gedanke unvollendet ist: Banri hat sie nicht zu Ende gedacht. Mittendrin hat er sein Interesse verloren und denkt jetzt an etwas anderes, aber sie wird seine Aufmerksamkeit wiedergewinnen, und dann wird er sie zu Ende denken.

Kurz nach fünf geht sie langsam zu ihrem Fahrrad. Sie schließt es nicht auf, bleibt neben ihm stehen wie ein Soldat auf Wache. Auch wenn Banri untrennbar zu ihrem Leben gehört, trotzdem könnte er sie langsam mal einweihen, was sie in dieser Firma eigentlich soll. Er ist ihr geistiger Führer, aber sie hätte gern Erläuterungen zu seinen Befehlen. Lillian nimmt ihm nicht alles einfach so ab. Irgendwie scheint er Widerspruch sogar zu schätzen, er redet wie jemand, der keine Widerworte gewöhnt ist, intelligenten Widerspruch aber durchaus zu schätzen weiß.

Um halb sechs ist er immer noch nicht gekommen, aber sie rührt sich nicht von der Stelle. Neben ihrem Fahrrad, scheinbar lässig, nicht mehr wie ein Soldat auf Wache, eher, als ruhe sie sich nach einer langen Tour über Berg und Tal aus. Sie gibt nicht auf. Kollegen schauen sie an, einige winken. Axels Geschäftspartner ruft: »Schönen Abend noch, Lillian!« Sie kann sich nicht erinnern, nach ihrem Bewerbungsgespräch noch ein einziges Mal mit ihm geredet zu haben.

Gegen sechs macht sich auch Axel auf den Weg. Auch er winkt ihr zu, scheint in Gedanken versunken. Der Parkplatz leert sich zusehends. Sie bleibt bei ihrem Fahrrad, löst Rechenaufgaben, spricht in Gedanken mit Banri, manchmal auch mit Gott, der in den Zahlen wohnt. Ihr wird kalt, aber sie bleibt stehen, sie wartet, irgendwann muss er herauskommen, er kann im War Room doch nicht sein Nachtlager aufschlagen, in einem alten, leicht nach Katzenpisse stinkenden Schlafsack?

Gegen halb acht kommt er endlich auch. Er eilt zu seinem Auto, sieht Lillian nicht oder tut so. Sie rennt zu ihm hin, klopft an die Scheibe, er öffnet das Fenster. Schaut sie schweigend an, emotionslos.

»Könntest du mich mitnehmen?«, fragt sie.

»Es regnet nicht.«

»Ich hab einen Platten.«

Er wirft einen Blick auf ihr Fahrrad. »Okay.«

Sie steigt ein. Er holt die Rosinenbrötchen aus dem Handschuhfach, hält ihr die Tüte hin.

»Danke«, sagt sie, »keinen Hunger.«

Er selbst nimmt sich eins. Er isst, dann startet er den Wagen. Schweigend fahren sie nach Den Haag.

»Hier wohne ich«, sagt er.

»Das weiß ich.«

Er reibt sich über die Wange, als habe er sich eben rasiert und wolle überprüfen, ob alles wirklich schön glatt ist. So reibt auch Lillian sich nach dem Rasieren über die Brust, um zu fühlen, ob keine Stoppeln mehr drauf sind. Auch nicht die kleinste. Sie hasst Stoppeln.

»Darf ich deine Wohnung sehen?«, fragt sie.

»Da gibt's nichts zu sehen. Ich hab fast keine Möbel.«

»Du hast Katzen.«

»Fünf.« Er sagt es mit Nachdruck. »Magst du Katzen?«

»Ich mag Tiere. Ich liebe sie.«

»Hast du welche?«

»Nein.«

»Dann liebst du etwas, das du nicht hast«, stellt Seb nüchtern fest.

»So kann man es sagen. Aber ich esse sie nicht. Meine Eltern essen Tiere, ich nicht.«

»Das hat mit Liebe doch nichts zu tun. Du isst ja auch keine Menschen. Aber du kannst nicht sagen: ›Ich esse keine Menschen, also liebe ich sie.‹ So funktioniert das nicht.«

Es wird gehupt. Seb parkt sein Auto. Er rührt sich nicht, und auch Lillian bleibt sitzen. Er scheint das Für und Wider von Lillians Bitte gegeneinander abzuwägen. Soll er ihr nachgeben oder sich weigern? »Ich zeig dir meine Wohnung«, sagt er schließlich, »das ist das Ruchloseste, was ich jemals getan habe.«

»Ich bin nicht gefährlich.«

Er schaut sie ungläubig an. Sie steigen aus, Lillian folgt ihm zum Eingang, sie nehmen den Fahrstuhl in den sechsten Stock. Schon vor der Wohnungstür riecht es eindeutig nach Katzen. Überall auf dem Fußabtreter liegen Katzenhaare herum. Die Wohnung selbst ist hell, doch wie Seb sie beschrieben hat, so gut wie leer und vielleicht vor allem darum recht sauber. Im Wohnzimmer steht nur ein Sofa, ein großes Sofa aus Leder. Die Katzen laufen hin und her.

Sie stehen im Wohnzimmer, Lillian weiß nicht, was sie tun soll, so umgeben von Katzen. Seb sagt: »Zwei kastrierte Kater, drei Katzen.« Er hebt ein Tier hoch. »Das hier ist Igor«, sagt er. »Igor ist alt, aber zufrieden, Igor ist wachsam und trotzdem verspielt, in seiner Jugend hatte er eine Neigung zu Unfug, jetzt will er vor allem seine Ruhe, und er mag es, wenn man ihn krault. Er ist ein bisschen taub, aber verrückt auf Massage.« Seb beginnt, Igor am Hals und am Kopf zu kraulen, worauf der in lautes Schnurren ausbricht. Es ist, als kämen auch leise Geräusche von Seb, sanft und zufrieden. Sebs Gesicht entspannt sich, für einen Moment wirkt er glücklich.

»Wohnst du allein hier?«, fragt Lillian, nachdem sie Igors Geschnurr eine Weile gelauscht hat.

»Nein, ich wohne zusammen mit den Katzen.«

»Aber nicht mit Menschen?«

»Niemand kommt in meine Wohnung. Das wäre schlecht für meine Arbeit. Du bist die Erste.«

Er setzt sich aufs Sofa, Igor kuschelt sich auf seinen Schoß. »Das da ist Julia«, sagt Seb. »Und das da ist Orson, der miesepetrige Orson. Das da ist Mimi und die in der Ecke heißt Anna, schüchterne Anna, die menschenscheue, hochmütige, Hochmut und Menschenscheu gehen sehr gut zusammen.«

Lillian kann zwischen den Katzen keine rechten Unterschiede erkennen. »Keine richtigen Namen für Katzen«, sagt sie. »Anna. Igor. Julia.«

»Was wäre deiner Meinung nach denn ein Name für eine Katze?«, fragt Seb, Igor immer noch kraulend, liebkosend.

»Schnurri. Strolch. Weißpfötchen. Was weiß ich.«

Langsam und nachdenklich schüttelt Seb den Kopf. »Ich nehme meine Katzen ernst«, sagt er, »ernster als Menschen. ›Schnurri‹ ist kein ernsthafter Name. Schnurri ist eine Beleidigung für die Katze.«

Lillian steht, er sitzt. Soll sie sich auch setzen? Oder soll sie nach Hause? »Was ist dadrin?«, fragt sie und zeigt auf eine Tür.

»Da arbeite ich.«

Er steht auf, die Katze im Arm, öffnet die Tür, und sie gehen hinein, Seb macht hinter ihnen sorgfältig wieder zu. Das Zimmer erinnert an ein Tonstudio. Ein Schreibtisch. Diverse Computer. Die Wände bedeckt mit Material, das offenbar schallisolierend sein soll. Die Schallschutzverkleidung ist olivgrün.

»Wir können eine Drohne fremdsteuern, sie übernehmen«, sagt er, »den Höhenmesser eines Flugzeugs, wodurch es unbrauchbar wird, was natürlich auch eine Art Fremdsteuerung ist. Momentan experimentieren wir damit, Menschen zu übernehmen. Jetzt geschieht das noch grob, aber es wird immer raffinierter, zum Teil natürlich mithilfe psychologischer Mittel – wie früher auch schon und auch noch in Zukunft. Reklame, Propaganda, Desinformation, selektive Information, alles plumpe und primitive Methoden, Menschen auf Teilgebieten zu übernehmen, aber wir werden immer besser. Wie können wir den Menschen so steuern, dass er sich und der Umwelt weniger Schaden zufügt? Das ist die große moralische Frage, die sich alle Denker, sowohl theoretisch als auch praktisch, schon immer gestellt haben und die nun dringlicher wird denn je. Mich beschäftigt vor allem die Frage: Wer steuert mich?«

Er redet, als stehe er vor einer Schulklasse, und scheint sie völlig vergessen zu haben. »Den meisten Menschen macht es nichts aus, gesteuert zu werden, ebenso wenig wie – das sagen wir immer wieder – übernommen, sie merken es nämlich im Grunde überhaupt nicht. Menschen übernehmen, ihr Betriebssystem steuern, ist für sie nicht unangenehm oder ein aggressiver Akt von uns, auch nicht prinzipiell unmoralisch, eher eine etwas energischere Form von Helfen. Menschen bekommen Anstöße, so musst du das sehen. Und so wie Menschen nun einmal sind, lassen sie sich von den Anstößen lenken, das Verhalten von Menschen, die Anstöße bekommen, ist ziemlich vorhersehbar, und das ist gut so. Die andere große, eigentlich entscheidende Frage ist die: Was tun wir mit den nicht steuerbaren Objekten? So ein nicht steuerbares Objekt lässt sich mit einem Hubschrauber vergleichen, der hinter die feindlichen Linien gerät. Bombe drauf, sagen die meisten, um zu verhindern, dass der Feind die Technologie in die Finger bekommt. Ich bin so ein nicht steuerbares Objekt.«

Seb schaut sie kurz an, doch Lillian sagt nichts, sie nickt nur.

Er öffnet die Tür, wartet, folgt ihr aus dem Zimmer, macht die Tür wieder zu und geht zum Sofa zurück, immer noch mit Igor im Arm. Igor streichelnd, ihn kraulend, ihm zärtliche Küsschen gebend. Er sitzt da mit dem Kater wie ein stolzer Vater mit seinem neugeborenen Sprössling.

Lillian bleibt stehen. Sie findet es unpassend, sich neben ihn zu setzen.

»Wenn du eine Katze wärst, wie würdest du dich dann beschreiben?«, fragt er.

»Eine Katze?«

»Ich hab dir gerade erklärt, wie Igor ist, wie wärst du, wenn du eine Katze wärst?«

»Ich?« Sie lacht, hauptsächlich vor Nervosität. »Lillian ist ein vorsichtiges und verträgliches Tier, gut erzogen, unabhängig. Lillian mag es nicht, gestreichelt zu werden, sie lässt die anderen Katzen in Ruhe und möchte das auch für sich. Legt Wert auf ihr eigenes Plätzchen.« Sie zögert einen Moment. »Das war's, glaube ich. Und du?«

»Seb ist ein wachsamer Kater, der am liebsten vor dem Mauseloch sitzt, ganz ruhig dasitzt und wartet, was aus dem Mauseloch kommt. Seb ist der geduldigste Kater, den man sich vorstellen kann. Warum magst du es nicht, gestreichelt zu werden?«

Sie holt tief Luft, die Wohnung kommt ihr vor, als sei

sie ein einziger großer Katzenkorb. Sie setzt sich neben ihn, fragt nicht, ob sie das darf, oder wartet auf eine Einladung, sie tut es einfach.

»Es macht mich krank«, sagt sie, »die Berührung. Das Streicheln. Das ist nichts für mich. Mir wird davon übel. Ich hasse es. Ich brauche es nicht.«

Neben ihr sitzt der Mann, der für sie mit an Sicherheit grenzender Wahrscheinlichkeit Banri Watanuki ist. Dieser Mann, den sie schon so lange kennt, nur auf andere Art, liebkost jetzt Igor, den alten Kater, der früher eine Neigung zu Unfug hatte.

»Ich habe nie verstanden«, sagt Seb, »warum Menschen meinen, ihre Liebe ausschließlich auf die eigene Spezies beschränken zu müssen. Im Grunde ist das eine Phobie, eine Ablehnung des Fremden, Abscheu vor dem anderen. Höchste Zeit, dass der Mensch seinen Horizont erweitert und das Tier zu lieben lernt wie früher nur seinen Nächsten. Auch wäre es gut, wenn Wesen entstünden halb Tier, halb Mensch, hybride Wesen, die das Beste von zum Beispiel Mensch und Katze verbinden oder von Mensch und Stier. Oder von oben Mensch, von unten Fisch wären, wie die Nixen. Dann könnten wir im Meer leben, das wäre viel besser. Manche Leute behaupten, die Liebe zwischen Mensch und Tier sei keine richtige, weil das Tier nicht Nein sagen kann, aber das ist Unsinn, es *kann* Nein sagen, und das tut es auch. Meinst du, Mimi könnte ihren Willen nicht eindeutig ausdrücken?« Er zeigt auf das Tier. »Hochmütige Mimi. Sie akzeptiert meine Fürsorge, aber meine Liebe weist sie zurück. Darf ich dein Schienbein berühren?«

Lillian starrt auf die leere Wand vor sich. Hier könnte man ein Gemälde aufhängen oder notfalls ein Poster, um das Zimmer etwas freundlicher zu gestalten, aber vermutlich hat Seb an seinen Katern und Katzen schon Freude genug.

»Warum mein Schienbein?«, fragt sie. »Was ist damit?«

»Das Schienbein, der ganze Unterschenkel, ist für mich der schönste Teil des menschlichen Körpers, der gelungenste, einer der gelungensten jedenfalls, kurz über dem Knöchel, da fängt er an, und am Knie hört er schon wieder auf. Eine Katze ist überall gelungen, vom Kopf bis zu den Pfoten, die Katze ist vollkommen, der Mensch nur in einigen Teilen, darum ist das Schienbein für mich der vollkommenste Teil des menschlichen Körpers.«

»Aber warum *mein* Schienbein?«, will sie wissen. Am liebsten würde sie sagen: »Du darfst mein Schienbein berühren, natürlich, du darfst alles«, doch etwas in ihr rebelliert, sie will nicht berührt werden, wie der überwundene Mensch seinen Mitmenschen berührt, sie strebt nach reiner Intelligenz, Intelligenz in ihrer vollendetsten Form, die Berührung soll auf einem anderen Niveau stattfinden, nicht diesem.

Trotzdem streckt sie ihr Bein aus, das linke. Sie krempelt das Hosenbein ein wenig nach oben, wie zum Füßewaschen. Ein Schmetterling wird sichtbar, das zweite Tattoo, das sie sich hat stechen lassen, ein großer blauer Schmetterling mit einem winzigen Totenkopf.

»Berühr's ruhig«, sagt sie, »das Schienbein. Es macht mir nichts aus.«

»Auch den Schmetterling?«

Igor noch immer auf dem Schoß, streckt Seb den Arm aus, beugt sich vor, und mit nur einem Finger, dem Zeigefinger, streicht er langsam über ihr Schienbein. Sie erschaudert. Wie lange hat sie schon niemand mehr berührt? Seit Jahren. Sie kann sich ans letzte Mal kaum noch erinnern. Ein Händedruck natürlich, eine Hand, die für einen Moment auf ihrer von Kleidung geschützten Schulter ruhte, diese Hand hat sie überstanden. Doch ansonsten ist sie Gott sei Dank unberührt geblieben.

»Du bist keine Katze ...«, sagt Seb und streicht mit dem Finger immer noch sanft über ihr Schienbein, von oben nach unten und wieder zurück.

»Stimmt.«

»Aber du könntest eine werden.«

»Ich habe es nie probiert.«

»Du hast die Seele einer Katze.«

»Ich hab keine Seele.« Sie möchte hinzufügen: Racheengel haben nie eine Seele. Aber sie hält sich zurück.

»Bei deinem Schienbein brauchst du keine Seele. Darf ich dein anderes Schienbein auch streicheln?«

Sie streckt ihr anderes Bein aus, krempelt das Hosenbein hoch bis zum Knie.

»Igor wird manchmal eifersüchtig, wenn ich anderen Katzen zu viel Aufmerksamkeit schenke, aber dich mag er«, sagt Seb.

»Ich bin keine Katze.«

»Egal. Es geht um die Aufmerksamkeit. Und du hast eine Katzenseele. Das spürt Igor.«

Ihr drittes Tattoo ist jetzt sichtbar. Die Zahl 260390. Eine herrliche Zahl, eine der schönsten. Sie brauchte nicht lange nachzudenken, die Zahl musste einfach auf ihren rechten Unterschenkel.

Sie spürt Sebs Blick auf dem Tattoo, aber er stellt keine Fragen.

»Ich hab es an deinen Augen gesehen«, sagt er und lässt den Zeigefinger sanft über ihr Schienbein gleiten.

»Was?«

»Dass du alles weißt.«

Er zieht seine Hand zurück, sie krempelt die Hosenbeine wieder herunter.

»Eigentlich bevorzuge ich Katzen«, erklärt Seb, »aber für einen Menschen kann man es gut mit dir aushalten.«

Sie steht auf, sie muss nach Hause, allein sein. Lillian muss über all das hier nachdenken, diese Begegnung, diesen Mann, diesen geistigen Führer; das alles verdauen, so wie man eine schwere Mahlzeit verdaut. »Danke«, sagt sie. »Das war schön.« Sie möchte zeigen, dass sie weiß, wer er ist. So wie einst nach der Mongolei verlangt sie jetzt danach, ihm das Zeichen zu geben, den Namen Banri Watanuki auszusprechen, doch sie beherrscht sich. Es ist noch zu früh.

»Ich sehe dich morgen«, sagt sie. »Ich gehe zu Fuß, du brauchst mich nicht bringen. Es war nicht ruchlos von dir. Was du da gemacht hast. Du hast eine weiche Hand.«

Er begleitet sie zur Tür. »Verabschiede dich von Igor«, sagt Seb. Er hält ihr den Kater hin, als wollte er ihn ihr schenken.

»Von dir möchte ich mich auch gern verabschieden.«

»Nicht nötig. Von Igor verabschieden ist genug. Du darfst ihn streicheln. Das mag er.«

Sie streichelt den Kater. »Tschüs, Igor«, sagt sie, »früher hast du Unfug getrieben, jetzt bist du nur noch schön und lieb.«

Rules of the internet: #3

We are Anonymous

Am nächsten Morgen erwacht Lillian mit roten Quaddeln am Bein, dem Unterschenkel links und rechts. Erst denkt sie, eine Mücke sei unter die Decke gekrochen und habe ihr das Blut ausgesaugt, vielleicht sogar zwei oder drei, doch als sie die Quaddeln am Abend noch mal inspiziert, sieht sie, dass es keine Mückenstiche sind. Es ist etwas anderes, wahrscheinlich eine allergische Reaktion. Woher das kommt, lässt sich leicht raten, sie hat eine Menschenallergie, für einen Racheengel keine unlogische Reaktion. Eine Menschenallergie, das würde vieles erklären. Sie reibt sich die Unterschenkel mit Bodylotion ein, die sie ihrer Mutter stibitzt. Die bringt sie mit dem Auto zur Arbeit und fragt: »Hast du nette Kollegen? Bring doch mal einen von ihnen mit nach Hause.«

Nach ein paar Tagen sind die Quaddeln noch schlimmer geworden. Sie scheinen sich vermehrt zu haben, sind größer und röter geworden. Und jucken! Lillian gibt die Bodylotionbehandlung auf und sagt zu ihrer Mutter: »Ich muss zum Arzt. Wie heißt die Trulla noch?«

Mutter und Tochter teilen wenig, doch zumindest die Hausärztin. Seit Lillian mit siebzehn wegen einer Nierenbeckenentzündung bei ihr war, ist sie nicht mehr in der Praxis gewesen.

»Was ist denn mit dir, Lillian?«

»Ausschlag.«

»Ausschlag?! Und wo?«

»Du brauchst nicht alles zu wissen, ich frag dich ja auch nicht, wo du Ausschlag hast.«

Lillians Mutter fängt an, Karotten zu raspeln. Sie weiß, ihre Tochter isst neuerdings am liebsten Rohkost, und sie unterstützt diesen Wunsch nach Kräften. Sie hat immer einen großen Vorrat Obst und Gemüse im Haus.

»Liegt es an den Tätowierungen?«

»Nein, es liegt nicht an den Tätowierungen, es liegt an den Menschen. Ich habe eine Menschenallergie. Ist dir das noch nie aufgefallen, du blöde Schlampe? Ich hab eine Menschenallergie.«

Das »blöde Schlampe« erschreckt sie selbst, es tut ihr auch sofort leid. Die Mutter beginnt zu weinen, fährt mit dem Karottenraspeln aber unbeirrt fort. »So was gibt es nicht«, sagt sie, »es gibt keine Menschenallergie. Menschen sind nicht allergisch gegen andere Menschen.« Sie raspelt und raspelt. Dann schneidet sie eine Zitrone mitten durch und träufelt den Saft über die Karottenrohkost. »Darf ich den Ausschlag mal sehen?«, fragt sie. »Oder ist er an einer intimen Stelle?«

»Er ist nicht an einer intimen Stelle, aber du darfst ihn trotzdem nicht sehen. 'tschuldigung, dass ich dich ›blöde

Schlampe‹ genannt habe.« Lillian isst den Salat im Stehen, und sie isst ihn sehr hastig. Sie hat es nicht eilig, aber so isst sie zu Hause immer.

»Nenn mich ruhig ›blöde Schlampe‹«, sagt die Mutter gefasst, während sie sich die Tränen abwischt, »vielleicht bin ich das ja. Wenn es dir guttut, mich ›blöde Schlampe‹ zu nennen, dann mach das.«

»Oh«, sagt Lillian. Was soll sie darauf antworten? Was sind das jetzt wieder für Enthüllungen?

»Ich war nicht gut zu deinem Vater, und vielleicht bin ich auch nicht gut zu dir, Lillian. Das ist die Wahrheit. Deine Mutter ist eine Schlampe.«

Lillian lässt kurz Wasser über ihren Teller laufen und stellt ihn in die Geschirrspülmaschine.

»Möchtest du noch was?«, fragt die Mutter. »Soll ich noch mehr raspeln?«

Lillian schüttelt den Kopf.

»Ich hielt es mit ihm nicht mehr aus«, sagt die Mutter, während sie die Reibe abspült, »ab vier Uhr am Nachmittag konnte man deinen Vater kaum noch ansprechen. Ich sehnte mich nach einem Mann, der nicht trank, da hab ich mir einen Liebhaber genommen, und als das mit dem nichts mehr war, einen anderen, beides Totalabstinenzler. Ich hab deinem Vater nie was verraten, ich bin sehr diskret gewesen. Wo ich doch ruhig hätte sagen können: ›Ich hab einen Liebhaber, Wilfried. Du liebst vor allem deinen Wein, was ich mache, ist dir völlig egal. Und für meine Junkies hast du dich auch nie interessiert.‹ Aber ich hab's nie getan, ich hab immer geschwiegen. Zu allem. Bis zum Schluss.«

»Hättest du bloß weiter geschwiegen«, zischt Lillian ihr zu.

Dann wird ihr plötzlich klar: Sie ist jetzt vierundzwanzig, es gehört sich nicht mehr, so mit der eigenen Mutter zu zanken, sie muss ruhig und geduldig neben ihr stehen bleiben und freundlich nicken; ihr wahres Leben ist doch irgendwo anders.

»Wie heißt die Trulla also«, fragt sie, »die Ärztin?«

»Van der Sande-de Coningh«, antwortet die Mutter. »Warte, ich such dir die Nummer heraus.«

Die Tochter zieht sich auf ihr Zimmer zurück und isst die eingeweichten Mandeln. Axel hat recht, eingeweichte Mandeln schmecken viel besser.

Sie meldet sich bei Banri Watanuki. Sie verschweigt ihm den Ausschlag, nichts in ihrer Kommunikation weist darauf hin, dass sie einander auch in der anderen, unbedeutenderen Welt kennen. In der besudelten, der verlorenen Welt.

Am nächsten Morgen sitzt sie im Wartezimmer, zusammen mit zwei uralten Männern. Sie hat Axel eine E-Mail geschickt mit der Nachricht, dass sie heute etwas später kommt.

Die Hausärztin, eine fast selbst schon pensionsreife, affektiert sprechende Frau, beklagt sich darüber, dass sie Lillian nie sieht. Nachdem sie die Quaddeln an den Beinen untersucht hat, fragt sie, ob Lillian kürzlich ihre Ernährung geändert oder ob sie viel Stress habe.

»Stress?« Lillian denkt an die Ratte, sie hat sie schon

längere Zeit nicht mehr gesehen. Sie hat sich versteckt. Lillian weiß, dass sie von ihrer Menschenallergie jetzt nicht anfangen kann, dieses Wort darf sie nicht benutzen, und eigentlich tut es ihr auch leid, dass sie es der Mutter gegenüber erwähnte. Hätte sie das gelassen, wären ihr vielleicht auch deren Herzensergießungen erspart geblieben. Sie weiß schon genug über sie.

»Es geht mir gut«, sagt Lillian, »Stress kann es nicht sein. Und ich esse viel Rohkost oder nur ganz kurz gekochtes Gemüse, so esse ich schon seit Jahren, daran liegt es also auch nicht.«

»Ich werd dir eine Hormonsalbe verschreiben. Reib dir die Stellen zweimal am Tag damit ein und versuch, sonst nicht an die Quaddeln zu kommen. Ich sehe, du hast schon ziemlich viel gekratzt, das kann zu neuen Entzündungen führen. Mach dir nachts notfalls einen Verband drum.«

Mit dem Rezept in der Hand verlässt Lillian die Praxis und geht in eine Apotheke. Sie kann die Salbe sofort mitnehmen. »Und nach jedem Einreiben gründlich die Hände waschen«, sagt der Apotheker noch. Dann fährt sie zur Arbeit, wo sie sich zuerst auf der Toilette einschließt, um sich die Unterschenkel, die mittlerweile mit rotem Ausschlag übersät sind, mit der Hormonsalbe einzureiben. Ihrer Meinung nach ist der Körper generell eine einzige große Entzündung, aber sie will unter ihrem nicht noch mehr leiden, sie will nicht den ganzen Tag kratzen. Vor allem in der Nacht bringt das Jucken sie fast um.

Sie nimmt am Empfangstresen Platz. Sie arbeitet, oder tut geschickt so, als ob, sie rechnet, denkt an Banri

Watanuki, der hier irgendwo sein muss und sich nicht nur mit Malware perfekt auskennt, sondern auch hin und wieder an seine fünf Katzen denkt. Vielleicht denkt er auch an sie, während er da oben in seinem War Room sitzt, sie, seine sechste Katze; er hat gesagt, sie hätte eine Katzenseele.

»Und immer wieder die Jeansjacke.« Vor ihr steht Axel, grinsend, gut gebügeltes weißes Hemd, frisch wie der Morgentau. »Bist du mit deiner Jeansjacke verlobt?«

Sie schüttelt den Kopf. »Stört es?«, fragt sie.

»Mich nicht. Es fällt auf. Aber es stört nicht. In dieser Familie darf jeder tragen, was er will. Solange du deine Arbeit gut machst, ist es mir ziemlich egal, was für Kleidung du trägst. Wenn Kunden anfangen, sich zu beschweren, müsste ich einschreiten. Aber das hat noch niemand getan, und außerdem fahren wir öfter zu den Kunden, als die zu uns kommen.« Er beugt sich vor; und mit etwas leiserer Stimme: »Die Ereignisse überschlagen sich, es hat eine Eskalation gegeben. Ich würde dich gern früher zu meiner Assistentin ausbilden. Interessiert dich das immer noch?«

Sie nickt. Es interessiert sie. Ist das nicht, was Banri von ihr verlangt hat, dass es sie interessiert?

»Dann müssen wir uns mal in Ruhe unterhalten. Bei einem Essen vielleicht? Soll ich vegan für dich kochen? Heute Abend? Es kommt ein bisschen holterdiepolter, aber wie gesagt, die Ereignisse haben sich überstürzt.«

Sie denkt an das vegane Essen, mustert den Mann sich gegenüber, löst eine Rechenaufgabe. »Eigentlich bin ich heut Abend schon verabredet«, sagt Lillian, die weiß, dass man diese Antwort von ihr erwartet. Wer normales Verhalten produzieren will, muss zuallererst mal normale Antworten geben. Und das tut sie, sie ist äußerst firm darin. »Aber ich kann versuchen, die Verabredung zu verlegen«, fährt sie darum fort.

»Sieh mal zu und lass es mich wissen. Den Nusskäse hab ich schon zu Hause. Notfalls esse ich ihn allein.«

Er lacht und geht weiter, mit seinem typischen leicht federnden Schritt. Als liefe er auf Luftkissen.

In der Mittagspause in der Kantine leuchten die Eulen. Sie haben also Besuch, doch in der Kantine sieht sie nur Bekannte. Vielleicht ist der Besucher irgendwo in einer Besprechung.

Seb sitzt an einem anderen Tisch, ein Schälchen Joghurt vor sich. Sie grüßt ihn von Weitem, doch er grüßt nicht zurück. Als sie mit ihrer Mahlzeit fertig ist, geht sie zu ihm. »Keine Melone heute?«, fragt sie.

Er murmelt etwas, wedelt mit der Hand, als wolle er eine Fliege verscheuchen, aber sie bleibt noch einen Moment stehen. Sie spürt seinen Blick auf sich, und in seinen Augen liest sie Nähe und Sorge, eine besorgte Nähe. Er macht sich Sorgen um sie. Sie legt kurz die Hand auf die linke Brust, zum Zeichen, dass Banri in ihrem Herzen wohnt. Dass er sich keine Sorgen zu machen braucht. Nicht um sie. Wegen gar nichts. Vielleicht versteht er die Geste.

Sie setzt sich wieder an den Empfang und schreibt eine E-Mail an Axel: Sie habe die Verabredung verlegen können, und dem veganen Essen am Abend stehe nichts mehr im Wege, es dürfe nur nicht zu spät werden, denn sie sei ziemlich müde.

»Kurz nach sechs hole ich dich ab«, schreibt Axel zurück. Und das tut er. Sie gehen zu seinem Audi. Sebs Auto steht immer noch da. Er macht wieder Überstunden.

Wie sich herausstellt, wohnt Axel in Rotterdam. Während sie im Stau stehen, redet er viel über die Firma, die er konsequent »die Familie« nennt, und über vegane Küche, die Massaker an Tieren, die die Fleischesser jeden Tag veranstalten lassen, nur für ein bisschen Genuss. »Es gibt keinen zwingenden Grund, Fleisch oder Fisch zu essen«, erklärt er, »ich sage nicht, dass es ungesund ist, obwohl es das sein kann, Menschen haben ein Recht, ungesunde Dinge zu tun, das ist ihre Privatsache, aber sie dürfen keine anderen Wesen ausrotten, sie nur züchten, um sie danach zu töten. Wer kein Fleisch isst, weil das ungesund ist, hat nichts verstanden. Und dann gibt es auch noch die Leute, die sagen: ›Ohne Fleischesser würden auch keine Schweine gezüchtet, und das wäre für die Schweine noch schlimmer.‹ Aber na und, was soll das heißen? Stell dir vor, wir würden Menschen züchten, um sie zu schlachten, meinst du, die Menschen würden dann denken: ›Geschlachtet werden ist gar nicht so schlimm, dazu sind wir ja da. Wir haben uns darauf eingestellt.‹?«

»Aber es werden doch keine Menschen gezüchtet, um sie zu schlachten«, erwidert Lillian.

»Noch nicht«, antwortet Axel, »wir züchten Menschen für andere Dinge, aber die Menschenzüchterei ist auch nur eine Art Massentierzucht.«

Seine Ansichten erstaunen sie ein wenig, aber vielleicht

verkündet Axel sie gerade, um sie in Erstaunen zu versetzen oder um sie zu provozieren. Es sind Ansichten, die nicht zu seiner Stellung passen, zu seinen tadellos gebügelten Hemden. Vielleicht wagt er in ihrer Gesellschaft aber auch endlich nur einmal zu äußern, was er wirklich denkt, die verbotenen Gedanken an die Oberfläche zu lassen. Bei Lillian darf er es, von ihr hat er nichts zu befürchten.

Axel wohnt in einem großen Apartment mit viel Kunst an den Wänden, abstrakter Kunst, die Lillian an bestimmte Zahlen erinnert. Nach Axels eigenen Worten hat die Wohnung »eine spektakuläre Aussicht«.

»Aus dem Fenster da kannst du den Sonnenuntergang sehen«, sagt er. Sie stellen sich ans Fenster, doch von Sonnenuntergang heute keine Spur, es ist zu bewölkt.

Axel kocht, obwohl »kochen« nicht ganz der richtige Ausdruck ist für die Aktivitäten, die er in seiner makellos sauberen, offenen Küche entfaltet. Er holt den Nusskäse aus dem Kühlschrank, richtet ihn elegant auf zwei Holzbrettchen an und schenkt biologischen Wein ein (»Hier ist kein bisschen Chemie drin«, sagt er, »ich kenne den Weinbauern persönlich.«), bereitet Brokkoli, grünen Spargel und Blumenkohl für das Hauptgericht vor und füllt eine Karaffe mit gefiltertem Leitungswasser. »Nur ganz kurz dünsten«, sagt er, »dreißig Sekunden, eine Minute höchstens.« Das Dressing ist aus Olivenöl, Zitronensaft, Meersalz und Pfeffer. Während er all das zubereitet, erzählt er Lillian die Geschichte der Firma, die er zusammen mit seinem Geschäftspartner gegründet hat, doch Lillian kann sich nicht konzentrieren, ihre Gedanken schweifen zu Banri, zu Fleischessern, zu Menschen, die aus Gesundheitsgründen kein Fleisch essen und nichts verstanden haben, und dann wieder zu Banri. Immer wieder zu Banri.

Als das Essen fertig ist, ist es draußen immer noch hell, das gleiche Wetter. Niedrige Wolken. Sie setzen sich an den Tisch. Axel fragt, ob ihr der Wein schmeckt. Lillian hängt ihre Jeansjacke über den Stuhl. Es ist warm im Apartment.

»Warum will ich dich als Assistentin?«, sagt Axel, während er den Nusskäse anschneidet. »Das fragst du dich bestimmt, und ich hab's dir eigentlich schon erklärt. Du bist intelligent, und du bist mir aufgefallen, schon seit Langem.«

Wie lange?, will sie eigentlich fragen, aber sie tut es nicht.

»Wie findest du den Nusskäse?«, fragt er. »Einmaliger Geschmack, was? Irgendwie wie Käse, aber es ist keiner, es sind fast ausschließlich Nüsse. Nichts Tierisches.«

Sie kostet, es schmeckt nicht eklig, hat sogar einen angenehm pikanten Geschmack, der sie vage an Schimmelkäse erinnert. Axel setzt die Gabel ab, schaut aus dem Fenster. Heute Abend wird er um seine Aussicht betrogen.

»Aber so ist es auch schön«, sagt Lillian, »mit den Wolken.«

Axel nickt, wischt sich den Mund, an einer Baumwollserviette, ebenso gut gebügelt wie seine Oberhemden. »Nur: Warum jetzt?«, fragt er. »Warum diese Eile? Ich werd's dir erklären: Bestimmt hast du von dem Hackerangriff auf Belgacom vor ein paar Jahren gehört. Alle Kundendaten auf einmal im Netz, lesbar für jeden, auch die der EU-Behörden in Brüssel.«

»Wie schrecklich für die EU«, sagt Lillian, »und sie haben schon so viele Probleme.« Sie pikt in ihren Käse.

Axel fährt unerschütterlich fort: »Die Belgacom wird das natürlich nie zugeben, aber wir wissen, dass der Hackerangriff vom britischen Geheimdienst ausging. BClever arbeitet für Firmen *und* Regierungen. Aber die Interessen von Firmen und Regierungen divergieren, widersprechen sich oft geradezu. Wir müssen akzeptieren, dass Regierungen Malware entwickeln, nicht nur China, nicht nur der Iran – viel weniger als immer behauptet übrigens –, und wir müssen uns fragen: Können wir Klienten dienen, deren Interessen einander direkt entgegengesetzt sind? Rein wirtschaftlich gesehen natürlich schon. Aber praktisch? Und als was betrachten wir diese Regierungen? Als Partner, denen wir vertrauen können, oder als Spieler, denen wir misstrauen *müssen,* schon allein darum, weil sie so viel stärker und mächtiger sind als wir? Das ist die entscheidende Frage: Wem kann man vertrauen? Wenn die Antwort lautet: ›Niemandem‹, hört alles auf. Können wir uns selbst vertrauen? Und so komme ich wieder zu dir.«

Noch einmal wischt er sich gründlich den Mund. »Du bist rein, wenn ich das so sagen darf, unberührt, du kommst von draußen, du bist intelligent, wie ich schon sagte, und ich vertraue dir. Und die Antwort auf die Frage: ›Können wir den Regierungen, für die wir arbeiten, trauen?‹, lautet: ›Nein!‹ Obwohl wir das natürlich nie so sagen werden. So selbstzerstörerisch ehrlich sind wir auch wieder nicht. Wir müssen eine Taktik anwenden, die ich ›digitales Judo‹ nenne. Unser Wissen macht uns verwundbar.

Darum brauchen wir immer neue Leute, die noch nichts wissen. Du bist intelligent, aber du weißt nichts, das macht dich attraktiv – im professionellen Sinne, meine ich. Das ganze Konzept ›hier Freund, da Feind‹ hat ausgedient. Es gibt nur vorübergehende Freunde, Freunde auf Teilgebieten, die auf anderen Gebieten wiederum Feinde sein können. Die Idee der stabilen Konstellation ist passé, wie die der Prävention. Der Freund von gestern ist der Feind von morgen.«

Lillian muss husten. »Darf ich noch etwas Wasser haben?«, fragt sie. »Der Nusskäse ist wirklich sehr scharf.«

»Ein vorübergehender Waffenstillstand ist möglich«, nimmt Axel sein Referat wieder auf, während er ihr nachschenkt, »mal mit dem einen, mal mit dem anderen. Und solange sie ihre Rechnungen pünktlich bezahlen, werden wir auch Feinden unsere Dienste anbieten. Das ist die eskalierende Lage, in der wir uns befinden. ›Sie sind der Feind, aber wir werden für Sie arbeiten, solange Sie pünktlich bezahlen.‹ Und: ›Regierung, du bist unser Freund, aber du entwickelst Malware, und wir tun, als wüssten wir nichts.‹ – Noch etwas Nusskäse?«

»Nein, danke«, sagt sie.

Axel hat noch Appetit. Er geht zur Kochinsel und kommt mit einem großen Stück Käse zurück. Er kaut bedächtig, doch nicht mehr wie jemand, dem etwas schmeckt, eher als wolle er vor allem die Kiefer bewegen. Auch Axel hat es entdeckt: Kauen ist Meditieren.

»Wohnst du allein hier?«, fragt Lillian.

»Im strengen Sinn bin ich der einzige Bewohner«, antwortet er, während er den Käse in dünne Scheiben schneidet, »aber ich bin nicht immer allein. Ich habe eine Freundin. Nein, ich muss es anders sagen: Exfreundin. Wir haben noch Sex, wir sind gute Freunde. Ich liebe sie, und ich hab das Gefühl, dass auch ich ihr noch etwas bedeute – vielleicht mehr als zu der Zeit, als wir noch ein echtes Paar waren. Ab und zu schickt sie mir eine WhatsApp; ›Soll ich vorbeikommen, Axel?‹ Und dann kommt sie. Sie fragt, wie es mir geht, schaut in den Kleiderschrank, kontrolliert das Bad, ob keine fremde Zahnbürste drinsteht, denn sie stellt Bedingungen, natürlich, wie jeder, und dann haben wir Sex. Und das ist schön, das gibt mir was, emotional. Sie bleibt nie über Nacht, das ginge ihr zu weit. Aber unsere Begegnungen sind leidenschaftlich, mehr noch als früher. Sie ist auch fürsorglich, manchmal sagt sie: ›Die Manschettenknöpfe da, die gehen echt nicht. Wirf sie weg. Schenk sie dem Roten Kreuz.‹ Und dann geht sie. Daneben habe ich noch eine Putzfrau, die zweimal die Woche kommt und sich außerdem aufs Bügeln und auf Yoga versteht. Einmal pro Woche wartet sie nach der Arbeit auf mich, dann gibt sie mir Yogaunterricht. Mit ihr rede ich viel über mein Leben. Das tue ich mit meiner Ex nicht, die kennt meine Geschichten, die kann sie nicht mehr hören. Und wirklich viel durfte ich doch nie erzählen, denn seien wir ehrlich, das meiste ist geheim, streng geheim. Darum sind diese zwei Arrangements, das mit meiner Ex und das mit meiner Putzfrau nebst Yogalehrerin, für mich ideal. Und Kinder – ja, die Frage wird mir natürlich immer wieder gestellt. Die gibt es nicht, und die wird es auch nicht geben. Ich hab lang drüber nachgedacht, aber ich will keine. Ich will nicht das Risiko eingehen, einen Fleischesser auf die Welt zu setzen, das finde ich verantwortungslos. Das Risiko ist mir einfach zu groß.«

Lillian ist nicht recht klar, ob er mit sich redet oder mit ihr. Axel steht auf und schenkt Wein nach.

»Und jetzt«, sagt er, die Flasche in der Hand, am Fenster stehend, dem großen Fenster mit Aussicht, von der man heute Abend nichts sieht, »jetzt bist du da, meine neue Assistentin. Schau, ich habe nicht nur BClever, das ist nicht mein Leben, dafür hab ich gelebt, aber das ist vorbei. BClever ist mein Kind, dass wir uns da nicht falsch verstehen, der Penetrationstest, also natürlich habe ich Kinder, nur nicht aus Fleisch und Blut, und die muss man loslassen können. Ich will mehr Kinder, neue, ich will etwas gegen das Fleischesserproblem tun.«

Er schaut sie an, er schweigt. Soll Lillian jetzt etwas sagen?

»Ich hasse Fleischesser auch«, sagt sie.

»Es geht nicht um Hass. Du hasst deinen Nachbarn, deine Schwiegermutter. Und es ist gar nicht so, dass ich Fleischesser hasse. Aber gäbe es keine Fleischesser, gäbe es auch keine Fleischindustrie. Und das ist der Punkt. Kein Angebot ohne Nachfrage. Wir sind Zeugen eines Holocausts an Tieren. Für mich macht es keinen Unterschied, ob jemand in großem Maßstab Menschen vergast oder Tiere tötet. Industrielle Vernichtung bleibt industrielle Vernichtung, aber der große Unterschied zwischen dem letzten und diesem Holocaust ist, dass der jetzige schamlos vor unseren Augen stattfindet. Niemand macht sich auch nur die geringste Mühe, etwas zu verheimlichen. Wenn ich bei einem Metzger vorbeigehe, sehe ich Juden da hängen, und wenn Leute ein Schinkenbrötchen essen, essen sie für mich ein Brötchen mit drei Scheiben Jude, aber das findet offenbar jeder okay. Man hat es vollkommen akzeptiert. Das Massaker ist integraler Bestandteil des täglichen Lebens geworden, ohne dass sich auch nur ein Mensch darüber aufregt. Ich hab ausgearbeitete Pläne, wie wir diesem Gemetzel ein Ende bereiten können. Auch dafür habe ich dich ausgewählt. Ich kann das nicht allein, ich brauche Mitstreiter.«

Er setzt sich. Es ist, als sei er vor den eigenen Worten erschrocken, davor, was seinem Mund da gerade entschlüpft ist. Auf unangenehme Weise erinnert es Lillian an Ton, der wollte sie auch als Mitstreiterin. Sie muss sich ein bisschen bedeckt halten. »Ich bin gegen Fleischesser«, sagt sie, »aber ich gehe nicht nach ihnen auf die Jagd.«

»Wir brauchen auch nicht nach ihnen zu jagen«, sagt er, »Gott bewahre! Das wäre viel zu arbeitsintensiv, für die Jagd auf Fleischesser haben wir nicht genug Leute. Die Veränderungen, die mir vorschweben, kann man mit einer kleinen Truppe bewerkstelligen. Die kritische Masse dafür ist nicht groß. Aber konzentrieren wir uns jetzt auf das Hauptgericht.«

Er geht Richtung Anrichte, kommt dann mit einem eingerahmten Foto zurück.

»Das ist sie«, sagt er, »meine Ex.«

Lillian betrachtet das Foto. Eine hübsche Frau, allerdings ziemlich gewöhnlich. Eine Art unauffällige Schönheit.

»Keine Fleischesserin«, sagt er, »aber das allein war nicht genug.« Axels Hände krampfen sich um die Stuhllehne, sieht Lillian. Er nimmt das Foto zurück und stellt es wieder auf den Kühlschrank.

»Wenn sie mir jetzt eine WhatsApp schickt«, flüstert Axel, »dann schreib ich zurück: ›Geht heute nicht, habe Besuch.‹« Axel dreht sich durchs Zimmer, als habe er vergessen, wo die Kochstelle ist, als wisse er nicht mehr, was er eigentlich vorhatte.

Er dünstet das Gemüse ganz kurz und trägt das Hauptgericht auf. Jetzt ist er nicht mehr so redselig, er isst ziemlich schweigend, stellt ab und zu eine belanglose Frage, auf die Lillian kaum zu antworten braucht. Auch Lillian weiß nicht, wie sie das Gespräch weiterführen soll. Sie sitzt ihrem Chef gegenüber, an einem großen Holztisch, in einem makellos reinen Apartment. Ab und zu lächelt Axel sie an, doch sein Gesprächsstoff ist offensichtlich erschöpft. Lillian denkt, Lillian rechnet, Lillian ist auf der Hut. Als er gerade abräumen will, krempelt sie ihr rechtes Hosenbein hoch. Sie streckt ihr Bein aus, das mit den Entzündungen.

»Schau«, sagt sie.

Er steht auf, wirft einen Blick auf ihr Bein.

»Menschenallergie«, sagt sie.

Wenn Axel meint, ihr vertrauen zu können, dann muss sie das auch von ihm wissen. Sie will sehen, wie er reagiert. Was wird er sagen, wie wird er gucken, will er überhaupt eine Menschenallergikerin?

Axel wirft einen zweiten Blick auf ihr Bein. »Ja«, sagt er, »Menschenallergie, aber da haben die Menschen selbst Schuld. Sie haben nicht nur eine Chance bekommen, nein, mehrere, ständig neue, aber sie haben's immer wieder für sich und alle verbockt, kein Wunder, dass jetzt Wesen mit Menschenallergie herumlaufen. Kein Wunder!«

Er geht Richtung Kühlschrank. »Es gibt noch einen Nachtisch«, ruft er, »Schokopudding aus Sojamilch, hoffentlich bist du dagegen nicht auch allergisch. Aber vielleicht sollten wir mit dem Nachtisch noch ein wenig warten. Er legt Musik auf. Eine Frau singt auf Portugiesisch, ein bisschen jammernd für Lillians Geschmack, und wieder dreht sich Axel durchs Zimmer. Sein sorgfältig gebügeltes Hemd hängt ihm jetzt aus der Hose. Dann sieht Lillian, dass er sich nicht im Kreis dreht, sondern mit einem imaginären Partner tanzt. Er geht in der Musik auf, verliert sich darin, scheint Lillian vergessen zu haben, doch kurz darauf sagt er, ohne sie anzusehen: »Es ist ihre eigene Schuld, aber ich hab einen Plan, eine Lösung.« Er tanzt weiter, es wird langsam dunkel, er tanzt, über den Sojamilch-Schokopudding wird nicht mehr gesprochen. Sie sitzt am Tisch, einen Teller vor sich mit noch etwas kurz gedünstetem Gemüse, das sie leider nicht mehr geschafft hat. Sie weiß nicht recht, was sie tun soll: nach Hause gehen oder ihrem tanzenden Chef weiter zusehen? Was wird von ihr erwartet? Was ist hier normales Verhalten?

Nach gut zwanzig Minuten hat er seinen Tanz beendet, Axel stellt sich wieder zu ihr, er keucht ein wenig. »In ein paar Tagen fahre ich zu einer Konferenz nach Südfrankreich. Machst du mit?«, fragt er. »Komm doch mit.« Er wartet nicht auf Antwort, er tanzt wieder durchs Zimmer.

Jetzt sieht sie es. Nein, sie riecht es. Auch ihr Chef kämpft mit der Ratte, sie riecht sie, erkennt den Geruch, überall würde sie ihn erkennen. Irgendwo in diesem blitzsauberen und freundlichen Apartment mit der spektakulären Aussicht lauert die Ratte. Wenn Lillian die Augen etwas zusammenkneift, kann sie sie an der Wand hängen sehen.

Rules of the internet: #5

Anonymous never forgives

Seit drei Tagen hat sie Seb nicht gesehen, zwei Tage schon steht sein Auto nicht auf dem Parkplatz. Sie wagt nicht zu fragen, wo er ist. Bei wem sollte sie das auch tun? So intim ist sie mit keinem ihrer Kollegen. Axel will sie damit nicht behelligen, obwohl er für sie getanzt hat und sie mit Nachrichten über die Konferenz »The Future of Cyber Security« bombardiert, die in Nizza stattfinden soll und nach seinen Worten das Angenehme mit dem Nützlichen verbindet. Das Angenehme besteht für ihn hauptsächlich in der Côte d'Azur. Sie kennt die Gegend von Radurlauben, sie hat keine guten Erinnerungen daran. Die Côte d'Azur: der Ort, wo der Mensch sich ihr von seiner aufdringlichsten und erbärmlichsten Seite gezeigt hat, doch das sagt sie Axel nicht, sie produziert normales Verhalten, soll heißen: Sie zeigt sich auf höfliche Weise erfreut, an der Internet-Sicherheitskonferenz am Mittelmeer teilnehmen zu dürfen.

Am dritten Tag ohne Seb fasst sie einen Entschluss: Wenn auch am nächsten Morgen sein Auto nicht auf dem

Parkplatz steht, wird sie zu ihm gehen. Sie wird bei ihm klingeln, ihn fragen, warum er sie in der hiesigen Welt ignoriert. In der besseren Welt geht der Kontakt unvermindert weiter, doch vorläufig hält sie die beiden Welten getrennt.

Am nächsten Morgen steht Sebs Auto immer noch nicht auf dem Parkplatz. In der Mittagspause sieht sie ihn auch nicht. Einen Moment überlegt sie, sein Auto könne kaputt sein und er komme mit öffentlichen Verkehrsmitteln, doch den Gedanken schiebt sie als Unsinn beiseite. Er ist einfach zu Hause, aus was für Gründen auch immer.

Nach der Arbeit fährt sie zu einem Laden in Den Haag, wo sie zwei Muffins kauft. Eigentlich sind Muffins gegen ihre Prinzipien, aber zusammen mit Banri darf sie sündigen. Als sie wieder auf der Straße steht, fällt ihr ein, dass zwei Muffins reichlich wenig sind, so groß sind die nicht, darum geht sie in den Laden zurück und kauft noch vier. Die Verkäuferin macht eine wohl hämisch gemeinte Bemerkung, doch Lillian ignoriert die. Sie fährt zu Sebs Wohnung. Sie muss suchen, um seine Klingel zu finden, es steht kein Name darauf, aber sie vertraut ihrem Gedächtnis: 6 B, das ist seine Wohnung. Da hat er sie berührt, und durch diese Berührung hat sie ihre Menschenallergie entdeckt. Sie klingelt. Keine Reaktion. Sie klingelt noch einmal, jetzt länger. »Hallo«, hört sie seine Stimme über die Sprechanlage. Jedenfalls vermutet sie, dass es seine Stimme war, sie konnte so gut wie nichts verstehen. Es war eine menschliche Stimme, aber es hätte alles Mögliche heißen können. »Ich bin es, Lillian«, ruft sie, voll Angst, die

Sprechanlage könne plötzlich den Geist aufgeben. »Darf ich hochkommen?« Keine Antwort.

Noch einmal drückt sie die Klingel, hält sie lange gedrückt, zum Zeichen, dass sie sich nicht abwimmeln lässt. Sie ist jetzt hier, und sie wird nicht weggehen. Sie will die Muffins abgeben, wenigstens das. Wieder ein Rauschen, wieder etwas, das an Sebs Stimme erinnert. »Ich hab Muffins dabei«, ruft sie, »darf ich reinkommen? Hier ist Lillian.«

Er drückt auf den Summer. Sie nimmt den Fahrstuhl in den sechsten Stock. Seb steht vor seiner Wohnung, er trägt keine Schuhe, nur Sportsocken. Sie gibt ihm die Hand. Seb ist triefnass, sie ist sich nicht sicher, ob er gerade geduscht hat oder verschwitzt ist. So warm ist es nicht, aber manche Menschen transpirieren schnell. »Ich hab Muffins dabei«, sagt sie noch einmal, und sei es nur darum, weil dies eine unverfängliche Mitteilung ist. Sie schwenkt die Tüte. »Ich hab dich eine Weile nicht in der Arbeit gesehen, da dachte ich, ich komm mal vorbei.«

Er sieht sie an, als spreche sie Chinesisch. Arbeit? Vorbeikommen? Wörter, die ihm offenbar nichts sagen. Sie drückt ihm die Tüte in die Hand. »Ich weiß nicht, ob du Muffins magst«, sagt sie, »du kannst sie auch verschenken oder die Katzen damit füttern.«

Langsam kommt Bewegung in Seb. Er lässt sie herein, führt sie direkt in sein Arbeitszimmer, dessen Tür er sorgfältig schließt. Er setzt sich auf einen Bürostuhl, ihr bietet er einen weißen Klappstuhl an. Er nimmt einen Muffin, betrachtet ihn kurz und beginnt dann bedächtig zu essen. Schweigend gibt er ihr die Tüte zurück. »Sie sind eigentlich alle für dich«, sagt sie, »aber einen nehme ich auch. Hast du gerade geduscht?« Sie wählt einen Muffin mit blauer Glasur. Sie muss an bestimmte Zahlen denken und reicht Seb wieder die Tüte. Sein Muffin ist aufgegessen, er nimmt einen zweiten und macht sich auch über den her. Er isst konzentriert, als gebe es nichts anderes als ihn und den Muffin, als sei Lillian nicht da.

»Ich hab dich bei der Arbeit vermisst«, sagt sie, »du warst ein paar Tage nicht in der Kantine. Jetzt hab ich niemanden zum Reden.«

»Haben wir denn so viel geredet?«

»Das nicht«, gibt sie zu. Sie lächelt, sie ist erleichtert, dass er etwas gesagt hat. Jetzt wird der Rest von allein gehen.

Er verschlingt einen dritten Muffin und murmelt dann: »Genug, ich darf mich nicht vollstopfen. Der Betriebsarzt hat mich nach Hause geschickt, ich hätte zu hart gearbeitet. Ich solle mich ausruhen. Aber das ist Unsinn. Ich brauch keine Ruhe. Aber: Ich weiß mittlerweile so ziemlich alles. Darum darf ich nicht mehr kommen.«

»Wie schrecklich«, sagt sie. Er hat ihr die Tüte wiedergegeben. Vielleicht befürchtet er, sich nicht beherrschen zu können, wenn er die Tüte auf dem Schoß hat, ungebremst weiterzuessen, so wie sie früher die Paprikachips. Wie eine Maschine.

»Sie sind drauf und dran, mich zu übernehmen«, sagt er, »das ist es so ungefähr.« Er lächelt, wie man es nach unangenehmen Nachrichten tut, leicht bedrückt, doch mit einer gewissen Ergebung. Wie wenn ein Doktor im Krankenhaus sagt: »Es tut mir leid, Ihnen das mitteilen zu müssen, aber Ihr Onkel ist soeben gestorben.« Dann lächelt man traurig, denn so gehört es sich, das ist normal.

»Ich weiß zu viel, und ich lasse mich nicht steuern, sie hatten keine andere Wahl.«

Sebs Blick gleitet über seine Computer. Er hat sich seit Tagen nicht mehr rasiert. Durch die Stoppeln wirkt er älter, weniger jungenhaft.

»Eine dumme Frage vielleicht«, sagt Lillian so unverfänglich wie möglich, »aber: Du steuerst dich also nicht mehr selbst?«

Seb reibt sich über die Wange. »Sie sind dabei, mich zu übernehmen«, antwortet er. »Das geht nicht von heute auf morgen, sie machen dich Schritt für Schritt dafür reif. Sie kommen näher, sie sind überall, sie wissen alles, und plötzlich lassen sie dich das auch spüren. In diesem Raum können wir uns noch ziemlich ungestört unterhalten, aber selbst da bin ich mir nicht mehr so sicher. Ich hab Kopfschmerzen. Sie sind drauf und dran. Sie graben in meinem Kopf.«

Seb spricht fast emotionslos. Ein Mann im Radio, der den Wetterbericht vorliest, so spricht er über seinen Zustand. Weiterhin wechselhaft mit hoher Wahrscheinlichkeit von Regen, sie graben in meinem Kopf. Und, die letzten zwei Muffins in der Hand, wird ihr mit einem Mal klar, dass sie diesen nicht steuerbaren Jungen ihr gegenüber liebt, was immer das in diesem Fall auch bedeutet und wie auch immer sie sich in ihn verliebt hat, wie es kommt, dass sie gerade ihn lieben muss, wo sie doch so eine große Menschenallergikerin ist. Die einzige Erklärung bleibt, dass er eben Banri Watanuki ist, ihr Freund und geistiger Führer, und dass er nicht steuerbar ist; die nicht Steuerbaren haben sie immer interessiert. Sie ist allergisch gegen Menschen, aber von allen am wenigsten gegen die nicht steuerbaren Objekte und von all denen am wenigsten gegen Seb.

»Ich hab mich um die IT-Sicherheit verschiedener Ministerien gekümmert, zusammen mit ein paar anderen Jungs«, erzählt er, »ich hatte Zugang zu fast allen E-Mails, ich sah alles, las alles, das war natürlich nicht meine Aufgabe, aber es ging, also las ich alles, es war nicht schwer. Und ich sag dir: Es gibt keine Demokratie.«

Sie nimmt doch noch einen Muffin, einen mit gelber Glasur. »Macht nichts«, sagt sie. »Es geht auch ohne. Die Menschheit ist jahrhundertelang ohne Demokratie ausgekommen. Das kriegen wir jetzt auch hin. Es ist nicht schlimm. Du wirst sehen, es geht prima ohne.«

Er nickt, aber er wirkt nicht überzeugt. Sie findet den Umstand, dass es keine Demokratie gibt, wenig besorgniserregend, da müsste der tägliche Mord an Tieren einen viel trauriger stimmen. Lillian möchte Seb aufmuntern, aber sie weiß nicht wie, nicht hier zumindest, ihm so gegenübersitzend, in dieser allzu körperlichen Welt.

»Es wird am neuen Menschen gearbeitet«, sagt sie, »das weißt du doch. Menschen, die nur noch reine Intelligenz sind, ohne Körper, denn der Körper steht unserem Denken im Weg. Der Körper hemmt unsere Intelligenz. Der

Körper macht uns verrückt. Der neue Mensch ist im Anmarsch. Das weißt du doch.«

Er massiert sich den Kopf, mit beiden Händen. »Minister werden gekauft«, sagt er, während er weitermassiert, »sie kriegen Geld, Saudi-Arabien bezahlt und auch andere Länder, ich kann dir Beweise zeigen. Minister sind käuflich, Beamte sind käuflich. Und alle scheinen's zu wissen, keiner macht daraus ein Problem.«

Sie möchte seine Hände nehmen, ihm selbst den Kopf massieren, den erbärmlichen Kopf des überwundenen Menschen.

»Das ist doch nicht schlimm. Vielleicht haben die Minister teure Wohnungen gekauft oder einfach zu viele Schulden gemacht und brauchten einen Nebenverdienst. Es sind Vertreter der überwundenen Spezies. Die geben ihre letzten Vorstellungen, die letzte Vorstellung des Zirkus Mensch, dann kommt der neue, es wird an ihm gearbeitet, an verschiedenen geheimen Stellen.« Sie ergreift seine Hand, er lässt sie gewähren, eine eiskalte Hand ist es, sie hält sie umfasst, versucht, sie zu wärmen.

»Keine Angst«, sagt sie, »Saudi-Arabien kann dir nichts tun. Lass dich von trübsinnigen Gedanken nicht unterkriegen. Mir hat Kopfrechnen geholfen. Wenn mir etwas wehtut oder ich traurig bin, löse ich Rechenaufgaben, ich bin sehr gut im Kopfrechnen. Das Kopfrechnen hat mich gerettet.« Der letzte Satz, den sie so noch nie ausgesprochen hat, bringt sie zum Weinen, vielleicht darum, weil er so merkwürdig klingt, so eine irrwitzige Enthüllung. Das Kopfrechnen hat mich gerettet. Wer will das wissen? Wer glaubt das? Wer kennt schon die Macht der Zahlen? Seb bemerkt nichts, Lillian kann heulen, ohne dass jemand es sieht. Auch das ist eins ihrer Talente.

»Du hast recht«, sagt er, »eigentlich ist es nicht schlimm. Aber ich weiß gewisse Dinge, und sie wissen, dass ich sie weiß. *Das* ist schlimm. Für mich.«

Er zieht seine Hand zurück, steht auf und geht aus dem Zimmer. Sie folgt ihm, den letzten Muffin in der Hand, er schließt die Tür, öffnet die zum Wohnzimmer. Der Gestank erschlägt sie, ein Geruch nach Verfall und Verwesung.

Auf dem Sofa liegen tote Katzen. Der Katzenleib ist schöner als der des Menschen, aber tot ist auch er kein ästhetisches Vergnügen, schon gar nicht, wenn der Tod, wie es aussieht, so schwer gekommen sein muss. Dieser Tod war ein Blutbad. Ein Gemetzel.

Seb holt Müllsäcke aus der Küche. Eine nach der anderen steckt er die Katzen in zwei Säcke. Ist das Igor? Das Mimi? Sie erkennt sie nicht mehr. Sie weiß nur noch zwei Namen.

»Ich hatte keine Wahl«, sagt er, »sie hatten Kameras in ihren Köpfen montiert, Abhörgeräte. Sie waren völlig mit Malware infiziert.«

»Wer soll das denn gemacht haben?« Sie versucht harmlos zu klingen, noch nie im Leben war sie so sehr bemüht, normales Verhalten zu produzieren.

»Na wer wohl? Was meinst du?« Er lacht schrill auf.

Er knotet die Müllsäcke zu, lässt sich aufs Sofa fallen.

»Sie waren meine Familie«, erklärt er, »aber was sollte

ich tun? Sie waren durch und durch infiziert, hundert Prozent übernommen, sie waren keine Katzen, nur noch Abhörgeräte auf vier Pfoten, Videokameras, die sich von Katzenfutter ernährten. Aufpasser, Wachleute. Ich konnte nicht anders.«

Sie bleibt vor ihm stehen. Dieses Wochenende wird sie sich den Namen ihres Vaters endlich auf den Hintern tätowieren lassen. »Das würden sie nicht machen, Seb. Katzen! So was machen sie nicht. Von Katzen lassen sie die Finger. So weit würden sie nicht gehen.«

»Hast du eine Ahnung! Wenn es um Sicherheit geht, kennen sie nichts, dann gibt es für sie keine Grenzen. Sicherheit über alles. Sie sind besessen – und findig. Gib zu, es war findig von ihnen. Es hat lange gedauert, bis ich es gemerkt habe: Alles hätte ich für möglich gehalten, aber nicht das. Eigentlich sind es Künstler. Jedes Mal gehen sie einen Schritt weiter. Sie halten sich für Avantgarde. Ich weiß das, ich habe mit ihnen gearbeitet.« Er schnäuzt sich die Nase und stellt die Müllsäcke in den Flur. Dann kommt er zurück, setzt sich wieder aufs Sofa.

»Jetzt hast du also keine Familie mehr?«, fragt sie. Eine überflüssige Frage im Grunde, seine Familie steckt in zwei Müllsäcken, aber vielleicht hat er noch ein paar Katzen irgendwo anders.

»Nein, keine Familie. Ich muss gleich weg, tut mir leid, dass ich dir nichts anbieten kann. Ich darf hier nicht bleiben.« Er geht in die Knie, um sich die Schuhe anzuziehen.

Sie will nicht, dass er weggeht, nicht jetzt, nicht so, nicht ohne Familie. Sie will ihm begreiflich machen, dass sie seine Familie sein kann. Sie ist vielleicht keine Katze, aber Familie kann sie sein.

»Du bist doch Seb«, sagt sie, »der Geduldige? Der, der so ruhig vor dem Mauseloch sitzt? Du willst doch hierbleiben und warten?«

»Das ist vorbei. Ich warte nicht mehr. Ich kann nicht mehr warten.«

»Du hast gesagt, ich hätte eine Katzenseele.«

Für einen Moment scheint sie zu ihm durchzudringen, er schaut anders, weniger angespannt, weniger abweisend. »Ja«, sagt er, »stimmt. Ich dachte, mit deiner Katzenseele könntest du dazustoßen. Aber jetzt ist keine Familie mehr da. Es gibt keine Familie mehr, zu der du dazustoßen könntest. Niemanden mehr. Auch mich nicht. Man hat mich übernommen.«

So wie er da sitzt, schweißnass, angespannt, unruhig, auf diesem dreckigen Sofa, auf dem bis eben seine tote Familie gelegen hat, so liebt sie ihn. Ohne Begründung, ohne Erklärung. Sie kann nichts daran ändern. Darum krempelt sie sich das rechte Hosenbein hoch. Die Quaddeln sind immer noch da. Sie sind kleiner geworden, und es juckt weniger, doch immer noch ist der Unterschenkel von ihnen übersät. »Schau«, sagt sie. »Menschenallergie. Das warst du. Ich dachte, ich zeig es dir schnell noch. Aber es liegt nicht an dir, es kommt durch Menschen ganz allgemein. Ich kann keine Berührung ertragen. Ich ertrage keine Menschen.«

Er studiert die Quaddeln. Sie scheinen ihn zu interessieren.

»Du darfst keine kurzen Hosen mehr anziehen«, sagt er.

»Das tue ich sowieso nie.«

»Hätte ich gewusst, dass du dagegen allergisch bist, hätte ich dich nicht berührt. Es tut mir leid.«

»Macht nichts. Und auf dich reagiere ich weniger allergisch als auf die meisten. Hätte mich jemand anders berührt, wäre es viel schlimmer gewesen.«

»Es sieht nicht gut aus«, sagt er, »warst du damit beim Arzt?«

»Der hat mir Salbe verschrieben. Es war schon viel schlimmer. Jetzt klingt es ab. Wenn du willst, darfst du mein Schienbein noch einmal berühren.«

»Ich will nicht, dass du noch mehr Ausschlag bekommst.«

»Das macht nichts. Der Ausschlag ist mir egal. Ich will, dass du auf meinem Körper ein Zeichen hinterlässt.«

»Ich mag es nicht so, auf Körpern Zeichen zu hinterlassen«, murmelt er.

Er geht aus dem Zimmer. Sie hört ihn nebenan kramen, er kommt mit einem Paar grüner Handschuhe zurück. Sie sehen aus wie handgestrickt. Vielleicht von seiner Oma oder einer Exfreundin, die vom langen allabendlichen Warten auf ihn irgendwann anfing zu stricken. Er setzt sich im Schneidersitz vor sie hin, zieht einen Handschuh über und streichelt mit zwei Fingern über ihr Schienbein.

»Du darfst auch ohne.«

Gehetzt, aber mit Hingabe streichelt er mit der freien Hand ihr Schienbein. Dann steht er auf.

»Ich muss jetzt gehen«, sagt er, während er die Handschuhe auf den Boden wirft. Er geht aus dem Zimmer; als er wiederkommt, hat er sich eine Trainingsjacke übergezogen. »Darf ich dir das hier geben?«, fragt er. Er holt einen USB-Stick aus seiner Hosentasche. »Da ist alles drauf. Wenn mir irgendwas zustößt, hast du die Datei.«

»Was soll ich damit?«

»Aufheben. Wenn Leute das lesen, wissen sie mehr. Ich weiß nicht, ob sie es gern lesen werden, aber ich bin nicht auf der Welt, um Frohsinn zu verbreiten. Sie wissen es. Sie könnten es wissen. Wenn mir was zustößt, musst du in Aktion treten. Dann musst du die Datei veröffentlichen.«

Sie nimmt den USB-Stick, zieht Seb an sich und legt ihren Kopf auf seine Schulter, ihren alten Menschenkopf, und flüstert ihm ins Ohr: »Banri Watanuki.«

»Was?«

»Banri Watanuki.«

»Ich verstehe nicht.« Er reißt sich los. »Ich muss gehen.«

Er schleift die Müllsäcke zum Fahrstuhl. Er hat kein Gepäck. Keine Tasche, keinen Koffer, nur die Müllsäcke. Sie trägt noch immer die verkrumpelte Tüte mit dem letzten Muffin.

»Gib mir einen von den Säcken«, sagt sie.

Zusammen mit Seb deponiert sie seine Familie vor der Haustür. Einen Moment bleibt er neben den Müllsäcken stehen, als zögere er, wisse nicht, wie er sich verabschieden soll, nicht von seiner Familie, nicht von ihr. Seinen Müllsack hält er noch immer umklammert.

»Wohin gehst du?«, fragt sie.

»Ich kenne ihre Methoden, ich weiß, wo ich mich verstecken muss, aber die Zeit drängt.« Wieder dieses Lächeln, traurig und doch überlegen, die Überlegenheit des Wissenden, die Überlegenheit der Zahlen.

Sie nimmt seine Hand. »Bis bald«, flüstert sie ihm ins Ohr, »ich seh dich doch wieder?« Er zieht seine Hand nicht zurück, lässt sie gewähren, schaut sie an mit etwas im Blick, das sie nur als Zuneigung interpretieren kann. Es gibt kein anderes Wort dafür, zwischen ihnen besteht Zuneigung, noch nicht lange, aber lange genug. Sie gibt ihm den letzten Muffin. »Nimm ihn mit«, sagt sie, »er ist frisch.« Er ergreift die Tüte.

Sie bückt sich, noch einmal krempelt sie das Hosenbein hoch. »Das ist dein Zeichen«, sagt sie. »Das Zeichen muss bleiben. Die Quaddeln dürfen nie wieder verschwinden. Das ist dein Zeichen, Banri.«

Er geht davon, die Muffintüte in der Hand. Es sieht merkwürdig aus, er läuft unsicher. Sie bleibt stehen, zieht sich das Hosenbein wieder herunter. An der Ecke schaut er sich um. Er winkt mit der Tüte, linkisch, scheint sich selbst dafür zu schämen. Dann rennt er weg.

Lillian bleibt noch kurz bei den Müllsäcken stehen. Schnell löst sie drei komplizierte Divisionsaufgaben, als Gebet für Sebs Familie. Dann nimmt sie ihr Rad und fährt nach Hause.

Als sie dort in die Küche kommt, schneidet die Mutter gerade grüne und rote Paprikaschoten. »Du kommst spät«, sagt sie.

Lillian nickt.

»Wie geht's deinem Ausschlag?«

»Gut«, antwortet Lillian. Sie steckt sich ein Stück grüne Paprika in den Mund.

Auf ihrem Zimmer holt sie den USB-Stick aus der Hosentasche, zögert einen Moment und beschließt dann, ihn doch nicht in ihren Rechner zu stecken. Sie will das Risiko nicht eingehen, sie kann es sich nicht leisten, auch sie weiß zu viel. Sie legt den Stick in ihre Schreibtischschublade, neben das Traumbuch, in das sie seit ihrem Traum von Zlatan nichts mehr eingetragen hat. In seiner Autobiografie hat er geschrieben, dass er Briefe von Fans nicht aufmache, weil er zum Lesen doch keine Zeit habe. Das hat ihr gefallen. Mit dem ungeöffneten und ungelesenen Brief konnte sie sich identifizieren. Ungeöffnet und ungelesen wollte sie bleiben. Seb hat sie in Händen gehalten. Das ist ihr genug. Darin liegt alles.

Rules of the internet: #16

*If you fail in epic proportions, it may just become
a winning failure*

»Was für eine Hitze! So heiß habe ich es hier noch niemals erlebt.« Axel spricht bedächtig und schleppend. Vielleicht ist es sogar zu heiß zum Sprechen.

Sie sitzt ihm gegenüber auf einem Stuhl vor der Ferienhütte, die er gemietet hat. Das Gras im Garten davor ist aus Kunststoff und wird tagsüber so heiß, dass man mit bloßen Füßen nicht darauf stehen kann.

Die Konferenz über die Zukunft der Internetsicherheit hat sie enttäuscht. Niemand hat etwas gesagt, was nicht jeder auch nur ein bisschen mit dem Thema Vertraute vorher schon wusste oder worauf er nicht selbst hätte kommen können. Jeder Sprecher hatte betont, wie ungewiss die Zukunft sei. Axel jedoch fand die Konferenz interessant, behauptet er, er hat Fragen gestellt, Fragen beantwortet. In seinen tadellos gebügelten Hemden hat er Hände geschüttelt, Leuten auf die Schulter geklopft. Wie sich herausstellte, spricht er fließend vier Sprachen. Mühelos konnte er von Italienisch auf Englisch umschalten und von da auf Französisch, und genauso mühelos war er in seinen Gesprächen von »chinesische Hacker« auf »fleischverarbeitende Industrie« gekommen, als sei der Unterschied zwischen beiden Themen minimal.

Im Hotel hatten sie verschiedene Zimmer, wenn auch auf derselben Etage, doch Axel hatte sich ihr nicht aufgedrängt, nicht die kleinste Anspielung gemacht, sie nicht mal an der Schulter berührt. Er schien sich nicht für sie zu interessieren, nicht für ihren Körper zumindest. Das beruhigte sie, und darum stimmte sie zu, als er vorschlug, nach der Konferenz noch ein paar Tage in die Ferienanlage bei Fayence zu fahren. Was er nicht dazugesagt hatte, war, dass die Leute hier nackt herumlaufen.

Axel hat einen kleinen Tischventilator mit Verlängerungsschnur gekauft. Die warme Luft, die das Gerät umherbläst, bringt kaum Abkühlung, aber es war gut gemeint. Selbst nackt macht Axel den Eindruck, ein gebügeltes Hemd anzuhaben, sein ganzer Oberkörper wirkt irgendwie gebügelt. Vielleicht ist das, wie der Mensch sein soll: gut gebügelt und doch locker.

Sein Geschlechtsteil ignoriert sie. Nicht, weil er ihr Chef ist, doch männliche Geschlechtsteile betrachtet sie grundsätzlich nicht mehr. Sie hat genug von ihnen gesehen, Dutzende, Hunderte. Auf dem Gebiet kann sie nichts mehr überraschen. Die Webcam hat ihr Einblick in so ziemlich die gesamte Variationsbreite des männlichen Geschlechtsteils gewährt. Das ist für sie ein abgeschlossenes Kapitel.

Sie bleibt so viel wie möglich in der Hütte. Oder sitzt davor, unterm Sonnenschirm. Nur nachmittags zum Essen verlassen sie notgedrungen die sichere Parzelle. Untenrum ist sie nackt, doch ihre Brüste bekommt niemand zu sehen. Sie trägt ein Bikinitop, und das zieht sie nicht aus.

Axel kennt viele Leute in der Anlage, er scheint öfter hierherzukommen. Es gibt Gäste, die ihre Nacktheit hier jedes Jahr feiern, vielleicht, weil ihnen insgeheim klar ist, dass es mit der Nacktheit bald zu Ende sein wird. Der neue Mensch wird nie wieder nackt sein.

Im Kühlschrank hat Axel ein paar Flaschen biologischen Weißweins und auch ein paar Flaschen Rosé, ebenfalls biologisch, doch Lillian trinkt ausschließlich Wasser. Im Garten nebenan sitzt ein Mann, der die ganze Zeit unausgesetzt schnauft. Auch nachts sitzt er dort, er schläft im Garten. Erst dachte sie, die Geräusche hätten mit sexuellen Handlungen zu tun, doch wie Axel ihr erklärte, handelt es sich bei ihm um einen alten, ausgesprochen erfolgreichen Immobilienmakler aus Paris, der sich die Nase kaputt gekokst hat und darum den ganzen Tag diese ärgerlichen Geräusche von sich gibt. Er ist schlecht zu Fuß und verlässt die kleine Parzelle so selten wie möglich. Er kommt hauptsächlich aus Nostalgiegründen her. Manchmal besuchen ihn Leute, die ihn noch aus seiner vitalen Zeit kennen. Lillian brauche vor dem Geschnauf keine Angst zu haben, sagt Axel. Sie hat auch keine Angst, aber die Geräusche bleiben unangenehm.

Axel sitzt auf einem Klappstuhl, die Beine korrekt übereinandergeschlagen, ein Glas Wein in der Hand. Sie hält den Blick strikt auf seine Brust gerichtet. Abends verlässt er die Hütte und kommt erst früh am Morgen zurück. Er erinnert sie an eine Honigbiene. Nervös und gierig, die Gier nur ein Nebenprodukt seiner unerhörten Nervosität, eine Unruhe, die ihr zuvor nie so aufgefallen ist.

»Bin ich die erste Angestellte, mit der du hierherfährst?«, fragt sie.

Er nickt. Im Hintergrund hört sie den Nachbarn laut schnaufen. Auf die Dauer wird das Geschnauf zu einer Art Minimal Music, meint Axel.

»Die erste«, bestätigt er, das Glas balancierend, »aber die Ereignisse haben sich überschlagen, wie ich schon sagte.« Er lächelt. Den Anzug, den er bei der Konferenz trug, hat er in der Hütte gut sichtbar in eine Ecke gehängt. Als eine Art Warnung.

»Ich habe mein Leben in unterschiedliche Bereiche eingeteilt«, sagt er nachdenklich, »Bereiche, die nichts oder fast nichts miteinander zu tun haben. Du musst dir das vorstellen wie einen Zug: In jedem Waggon geschehen ganz unterschiedliche Dinge, aber alle Waggons fahren in dieselbe Richtung. BClever war so ein Waggon, oder besser gesagt: BClever war die Hälfte des Zugs. Mein Kampf gegen den Tiergenozid, meine Ablehnung der bestehenden Ordnung, meine Abscheu war ein anderer Waggon. Diese zwei Dinge, diese zwei Leben, habe ich immer strikt voneinander getrennt.«

Er schnauft, wie der Immobilienhändler in der Nachbarparzelle. »Du musst deine Abscheu unterdrücken, zumindest, wenn du sie effektiv einsetzen willst, um etwas zu verändern. Dabei ist ›verändern‹ nicht ganz das richtige Wort: um etwas zu *erreichen*. Wenn du deine Abscheu ernst nimmst, hältst du sie geheim. Eins der Probleme vieler Leute ist, dass sie meinen, immer und überall dieselbe Person mit denselben Meinungen sein zu müssen. Sie glauben an ein Kontinuum ihrer Identität, aber Kontinuität ist eine Illusion. Es gibt keine Kontinuität. Es gibt vier, fünf, sechs verschiedene Axels, und die operieren ziemlich unabhängig voneinander. Der Körper hält die verschiedenen Axels zusammen, das ist alles.« Er lächelt freundlich, gibt ihr das Gefühl, nur eine Selbstverständlichkeit ausgesprochen zu haben: Es gibt nichts, was uns zusammenhält, bis auf den Körper. Wir zerfallen nicht, wir sind schon zerfallen. Vor langer Zeit schon.

Die Wasserflasche steht auf dem Boden, sie nimmt einen Schluck. Sie hat die Beine nicht übereinandergeschlagen, aus dem Eichhörnchen zwischen ihren Beinen hat sie nie ein Geheimnis gemacht. Ansehen ist erlaubt, anfassen nicht. Zum ersten Mal seit Langem zählt sie Axels Sommersprossen. Und denkt an Banri, wie er da stand, bei den Müllsäcken, so voller Zärtlichkeit, voller Angst, voller Abscheu. In ihm hatte sie Abscheu gesehen. Axel redet nur darüber.

»Ich habe mit BClever so ziemlich alles erreicht, was sich erreichen lässt, was ich erreichen wollte«, erklärt er, »ich habe gesellschaftlichen Erfolg. Aber denkst du, das bedeutet mir auch nur *so viel?* Es lässt mich kalt, es bedeutet mir nichts, jedenfalls fast nichts, höchstens gibt es mir Selbstvertrauen. Jetzt will ich mich dem Problem Tiergenozid widmen. Ich will nicht in einer Welt voller Massenmörder und ihrer Handlanger leben. Jetzt könnte ich aus dieser Welt natürlich verschwinden, aber dafür bin ich mir zu gut. Das hat keinen Sinn. Die Massenmörder und ihre Handlanger sind es, die aus der Welt verschwinden müssen. Und wenn sie nicht freiwillig gehen, müssen wir ein wenig nachhelfen.«

Er schenkt sich ein. »Diese Hitze«, sagt er, »macht einen völlig benommen, findest du nicht? Selbst abends kühlt es nicht ab.«

»Mir macht es nichts aus, ich finde es ganz angenehm.« Sie stellt sich vor, wie es wäre, Banri Watanuki nie mehr wiederzusehen, und fragt sich, ob sie damit leben könnte. Sie kommt zu dem Schluss, dass sie es hinkriegen würde. Wenn sie durch Kopfrechnen überleben kann, kann sie das auch durch die Erinnerung an ihn, sie wird von der Erinnerung leben. Eine Notration vielleicht, aber mehr braucht sie nicht. Sie ist die geborene Hungerkünstlerin.

»Was mich an den Menschen immer mehr stört«, erklärt Axel, »ist ihre Unbelehrbarkeit. Bin ich etwa kein Mensch? Natürlich, ich mache in Software, die ich selbst geschrieben habe, konzentriert auf die zig Penetrationstests, die ich habe durchführen lassen, die ich entwickelt und perfektioniert habe, die Honigtöpfe, die ich erfunden oder mitentwickelt habe, ich bin involviert in BClever, ich schwebe über der Welt in unzähligen Schneeflocken, und doch ist nichts Menschliches mir fremd. Aber wenn ich mich umsehe, sehe ich eine Unbelehrbarkeit, die ich schlicht verbrecherisch finde. Worauf noch warten, frage ich mich dann. Worauf? Und wozu?«

Er steht auf, geht vor der Hütte hin und her, nachdenklich, redend, gestikulierend. Es wird langsam dunkel, die Hitze nimmt tatsächlich nicht ab. Und je länger sie Axel zusieht, desto weniger ähnelt er einem nackten Mann. Immer mehr erinnert er an ein eingegattertes Tier.

Nicht mehr lang, und er wird sich anziehen, weiße Hose, Schuhe aus Krokodilleder, keine Socken, Hemd mit hochgekrempelten Ärmeln. Abends geht man hier nicht nackt. Er besucht Zelte, wo er anderen Körpern begegnet. Vor ein paar Tagen hat er sie auf einen seiner Streifzüge mitgenommen, aber sie braucht keinen Körpern in Zelten zu begegnen, auch nicht in Ferienhütten übrigens. »Schade«, erwiderte er, als sie sagte, dass sie kein weiteres Mal mitgehen wolle, »als Mann allein muss man viel mehr Misstrauen überwinden.«

»Die Erneuerung wird kein Zuckerschlecken«, sagt er, auf und ab gehend, »wer ein Zuckerschlecken erwartet, ist bei mir an der falschen Adresse. Aber wer sein Kind liebt – du kennst das Sprichwort.«

Noch während der Konferenz in Nizza hat sie eine Ansichtskarte des dortigen Seeboulevards gekauft, für Banri. Sie will ihm die Karte schicken, aber sie weiß noch nicht, was sie schreiben soll. Axel setzt sich wieder hin. Er hat etwas Weißes auf der Stirn, vielleicht Sonnencreme, die er nicht richtig verrieben hat.

»Stuxnet, der Wurm, der das iranische Kernwaffenprogramm sabotiert hat, war das 9/11 der Internetsicherheit; was bis dahin unmöglich erschien, war auf einmal doch möglich. Aber Stuxnet war nur der Anfang, Stuxnet richtete sich gegen ein einzelnes Atomkraftwerk in einem einzelnen Land, es hatte ein fest umrissenes Ziel, oder genauer gesagt: Stuxnet war nur ein Vorspiel, ein Vorspiel des Vorspiels. Dieses Vorspiel ist nun vorbei.«

Er geht ins Haus, kommt mit einer neuen Weinflasche zurück, bietet ihr höflichkeitshalber etwas an, er weiß, dass sie nichts will, schenkt sich ein, setzt sich wieder. Noch ein, anderthalb Stunden, dann zieht er wieder los. Er hat ihr erklärt, er tue es aus Wehmut, er könne sich vom alten Menschen einfach nicht lösen und suche darum Körper im Dunkeln. »Nur noch ein wenig«, sagt er, »wenn alle Traditionen vergessen und verschwunden sein werden, kann der alte Mensch schmerzlos aussterben, aber das bedeutet nicht, dass ich ihn nicht vermissen werde. Seine Anhänglichkeit und seine Sehnsucht, die letzten Reste seiner Fantasie. Ich suche Gott, wenn er irgendwo ist, dann dort, zwischen den Körpern, der alte Gott inmitten der alten Menschen.«

Sie erinnert sich an den Streifzug, Männer und Frauen, die in ihrem Zelt auf Axel zu warten schienen, die Lustschreie, das Keuchen, Axel, der sich wie ein Computervirus auf einen Körper nach dem anderen stürzte.

»Aber es gibt etwas Neues«, sagt er langsam, und es ist, als kaue er seinen Wein, bewege ihn im Mund hin und her, »eine Neuentwicklung, die alle Fantasie übersteigt, weiter geht als selbst Stuxnet, etwas, worüber Menschen bis in alle Ewigkeit reden werden. Und dieses Etwas heißt Christus.« Er lacht, erst noch leise, dann immer lauter, fast schallend. Er lacht so laut, dass sie das Geschnauf des Immobilienmagnaten für einen Moment nicht mehr hört.

»Ja, das hättest du nicht gedacht, was?«, sagt Axel. »Das hätte niemand gedacht, dass Christus als Malware auf die Welt wiederkehrt, als ein Wurm, der genialste Computervirus aller Zeiten, und ich bin stolz darauf, denn ich habe an ihm mitgeschrieben. Aber wenn du die Bibel genau liest, wenn du die Offenbarung studierst, steht da eigentlich auch schon, dass Christus als Datei wiederkehren wird, als ein Computervirus, dass die einzige und wahre Rückkehr Christi dort schon so prophezeit wurde. Und wenn du die Bibel ohne Vorurteile studierst, wird dir auch klar, dass Christus schon damals ein Schadprogramm war, ein Virus, der sich blitzschnell ausbreitete und von der Kirche unschädlich gemacht wurde. Kein größerer Feind Christi als die Kirche, keine größeren Verächter als die Masse der Christen. Die anderen Menschen verachten Christus auch, aber die Christen berufen sich auf seinen Namen *und* verachten ihn, dass nenne ich erst Chuzpe. In der ganzen Welt gibt es vielleicht zwei-, dreihundert wahre Christen – ich bin einer von ihnen.«

Er schenkt sich nach, nimmt einen Schluck, schaut zum Mond, der nach und nach sichtbar geworden ist, wenn auch nur fahl.

»Manche Leute werden behaupten, wir – denn ich bin natürlich nicht allein, in der ganzen Welt gibt es wie gesagt ungefähr zwei-, dreihundert echte Christen, die verstehen, wer Christus war und dass es nur eine Art gibt, wie er auf die Erde zurückkehren kann –, manche Leute werden also behaupten, wir seien merkwürdig, vielleicht sogar gestört. Weit gefehlt! Die Selbsterhaltung des Menschen, der

Mensch, der seine Selbsterhaltung zum einzigen und letzten Glaubensartikel erhoben, in der Selbsterhaltung seinen Herrn gefunden hat *und* seinen Gott, dieser Mensch wird alles verlieren, was noch menschlich an ihm ist. Dieser Mensch hat sich schon verloren. Um ihn zu befreien, muss sein Glaube an die Selbsterhaltung radikal vernichtet werden, und um das zu erreichen, muss die Erhaltung des Lebens selbst unterminiert werden. Das ist die Aufgabe von Christus.«

Er geht in die Hütte, kommt mit einem USB-Stick zurück und beginnt, ihn langsam, fast gewissenhaft zu schwenken, wie ein Dirigent seinen Taktstock.

»Jetzt könntest du sagen: Du hast BClever aufgebaut, das lässt du doch nicht alles einfach zurück?«, fährt Axel fort, nackt, nur in Schlappen, auf dem Kunstrasen stehend, dirigierend, redend. »Aber es ist so: Gerade *weil* ich es aufgebaut habe, trenne ich mich von ihm. Ich baue, um das Erbaute wieder einzureißen, das sind die echten Baumeister. So wie die echten Fischer ihre Fische zurück ins Meer werfen.«

Er setzt sich wieder. Hat er sich beruhigt? Oder war er gar nicht aufgewühlt? War er einfach nur enthusiastisch?

»Wie Christus genau arbeitet, spielt jetzt keine Rolle, es ist auch zu kompliziert, zu erklären, aber um effektiv arbeiten zu können, muss es unzählige Varianten von ihm geben, nicht nur *ein* Wurm ist unter dem Namen aktiv, nicht nur *eine* Datei, es gibt Dutzende, Hunderte Würmer, die einander Stück für Stück gleichen und sich doch jeder ein bisschen vom anderen unterscheidet, alle unter dem

Namen Christus. Die Welt nach der Wiederkehr Christi wird eine andere sein. Nicht mehr wiederzuerkennen.«

Sie hat sich damit abgefunden, dass das von ihrem Chef produzierte Verhalten nicht normal genannt werden kann, er scheint genauso unmöglich zu steuern wie Banri, doch genau darum fühlt sie sich ihm auf seltsame Weise verwandt, sie fühlt sich ihm nah. Worüber er genau spricht, ist ihr nicht ganz klar, aber weil sie ein Racheengel ist, kann sie einem Großteil seiner Donnerpredigten folgen. Sie *muss* ihm folgen.

Er schaut sie an, als rate er ihre Gedanken, als spüre er, dass sie ihm nah ist, als sei auch ihm klar, dass zwischen ihnen nie mehr Nähe sein wird als in diesem Moment.

»Eine Firma wie BClever führt natürlich nicht nur Penetrationstests bei anderen durch, auch *uns selbst* müssen wir testen. Kann man bei uns eindringen? Das will ich herausfinden – wollte ich herausfinden, sollte ich sagen. Dafür habe ich dich in erster Linie geholt, gerufen, rufen lassen. Ich sah in dir einen menschlichen Honigtopf, dem ich unsere Mitarbeiter aussetzen wollte. Dieses Potenzial sah ich schon lange in dir, schon solange ich dein Schicksal verfolge. Und das ist sehr lang. Sehr lange schon. Schon als ich noch unter dem Namen Almond operierte.«

Er scheint eine Reaktion zu erwarten, doch die bleibt aus.

»Ich kenne keinen Almond«, sagt sie.

Er kichert. »Natürlich nicht. Deine Diskretion habe ich immer zu schätzen gewusst. Intelligenz, Verachtung und Unsicherheit, die Grundbestandteile der Diskretion.

Schon früh habe ich eingesehen, dass an der Peripherie jede Schlacht verloren gehen muss, an der Peripherie kann man nicht gewinnen, nur langsamer oder schneller untergehen, ich musste ins Zentrum. Ich musste Abschied nehmen von Almond. Nicht, dass ich auch nur einen Moment an seinen Thesen gezweifelt hätte. Die bestehende Ordnung verdient unseren Hohn, Hohngelächter, nichts anderes. Die wahren Christen lachen, das ist der Kern unseres Glaubens. Wir überwinden das Leiden, indem wir lachen. Wir lachen dem Leiden ins pockennarbige Gesicht.«

Er schaut sie liebevoll und zugleich eindringlich an, als wolle er herausfinden, ob ihm auch wirklich die echte Lillian gegenübersitzt. »Christus wusste, dass er ein Schadprogramm war, darum hat er gelacht, aber er lehrt uns auch, dass man sein Lachen manchmal unterdrücken muss, um zuletzt noch besser zu lachen. In diesem Moment, während wir hier reden, verbreitet Christus sich schon, und nichts kann ihn aufhalten. Prävention, ich muss kichern, wenn ich das Wort nur höre. Erkennung, natürlich, ist immer noch möglich, aber Christus ist so gebaut, dass er ständig die Form ändert, er durchläuft Metamorphosen. Darum kann nichts ihn aufhalten. Während wir hier in der Domaine Naturiste La Tuquette einen vergnüglichen Urlaub verbringen, ist er schon überallhin unterwegs. Christus ist wiedergekehrt, endlich, aber niemand hat es bisher gemerkt, niemand hat es begriffen, weil alle in die falsche Richtung schauen.«

Lillian wirft einen Kontrollblick auf ihre Unterschenkel. Die Quaddeln sind weniger geworden, aber ein paar sind noch da, wenn auch verblasst. Wenn man weiß, wo sie waren, sieht man sie noch. Narben. Zeichen der Menschenallergie. Genau wie damals bei Banri hat sie auch jetzt das Bedürfnis, die Hand dieses Mannes zu nehmen. Sie will seine liebe Hand halten, die Hand des überwundenen Menschen, der weiß, wie der neue Mensch aussehen wird.

»Ich geh kurz auf die Toilette«, sagt sie.

Sie steht auf.

»Was ich längst schon mal fragen wollte«, ruft Axel ihr hinterher, »was steht eigentlich auf deinem Po? Es ist so klein geschrieben.«

Sie dreht sich um. »Wilfried«, sagt sie. »Der Name meines Vaters. In Spiegelschrift. Ich wollte ihn in kleinen Buchstaben auf meinem Hintern. Größere Buchstaben hat er nicht verdient.«

Auf der Toilette weiß sie endlich, was sie Banri Watanuki schreiben soll. »Ich bin an der Côte d'Azur, Banri, und ich tue, was du nicht kannst: leben. Aber ich lebe stellvertretend für dich. Ich lebe für uns beide.«

Sie geht zurück, nimmt die Ansichtskarte aus ihrer Umhängetasche und macht sich ans Schreiben. Axel hat Musik aufgelegt. Er tanzt, wie an dem Abend in seiner Wohnung. Er tanzt auf portugiesische Musik, die sie nicht versteht. Ab und zu fängt sie ein Wort auf, »vida, alegría, terra«. Er tanzt gut, elegant und natürlich, wie befreit.

»Und Seb?«, fragt sie, als er zu Ende getanzt hat. Schwitzend steht er vor ihr und trotzdem immer noch förmlich, als trage er seinen Anzug.

»Seb?« Eine Pause entsteht. Für einen Moment rechnet sie mit der Reaktion: Den Namen kenne ich nicht. Doch er sagt: »Der hat das Spiel nicht verstanden, er dachte, er könnte sein eigenes Spiel spielen, inzwischen hat er vielleicht in der kubanischen Botschaft Zuflucht gefunden. Ein talentierter Junge. Er fehlt mir.« Axel lächelt, sein Lächeln wird breiter. Er geht auf Lillian zu, die die Ansichtskarte immer noch in der Hand hält. Er kniet sich vor sie hin. Und während er das tut, wird ihr klar, dass er sie liebt, dass er sie darum gerufen hat. Nicht weil sie ein menschlicher Honigtopf ist oder ein Penetrationstest durchgeführt werden muss, als menschliches Werkzeug gewissermaßen – nein, er liebt sie, mit seinen gebügelten Hemden, seinen Monologen und seinem Getanze, mit der Ratte auf seiner Schulter, er liebt sie, darum hat er sie zu sich gerufen.

Er streicht ihr mit dem USB-Stick über die Füße, die Beine entlang, über die Knie, ihr Eichhörnchen, ihren Nabel. »Das ist die schönste Malware, die jemals geschrieben wurde«, sagt er. »Die genialste Datei. Zigmal vernichtender, komplexer als Stuxnet. Christus herrscht, sie wissen es nur noch nicht.«

Unversehens steht er auf, ergreift mit großer Kraft ihren Kopf, doch es ist nicht unangenehm, es ist die Kraft der Liebe, und er presst seinen Mund auf ihren. Dann lässt er sie los und streichelt sie wieder, sanft, mit dem USB-Stick, mit aller Zärtlichkeit, die er besitzt.

»Was ich nicht verstehe«, sagt sie und wischt mit dem Zeigefinger das Weiße von seiner Stirn, in der Tat etwas Sonnencreme, »ist, wie du überall reingekommen bist.

Warum hat dich niemand entdeckt? Hat niemand bei BClever etwas gemerkt?«

Er streichelt sie weiter mit dem USB-Stick. Sie hatte keine Ahnung, dass ein Stick sich so angenehm anfühlen konnte.

Sie wird bei ihm bleiben. Er ist ihr Geliebter, ihr Liebhaber. Sie hat ihn gefunden.

»In jedem System ist die größte Schwachstelle der Mensch«, sagt Axel mit Wärme in der Stimme. »Solange es Menschen gibt, werden wir überall hineinkommen.«

Danksagung/Quellenangaben

Dank schulde ich Sander Voerman, Rop Gongrijp, Jurjen Harskamp, Menno van der Marel und Fox-IT sowie der Hackerkonferenz OHM-2013, wo ich zusammen mit Sander Voerman einen Workshop leiten durfte. Ebenfalls danke ich Viola Sandwoman.

Einige Anregungen verdanke ich dem Buch *We are Anonymous, Inside the Hacker World of LulzSec, Anonymous, and the Global Cyber Insurgency* von Parmy Olson.

Die »Regeln des Internets«, die die Überschriften zu den einzelnen Kapiteln bilden, werden Anonymous zugeschrieben.

Für Informationen über Stuxnet verweise ich auf David E. Sangers Buch *Confront and Conceal – Obama's Secret Wars and Surprising Use of American Power*.

Der Vergleich zwischen dem Mord an Tieren und dem an Juden wurde bereits von einem anderen Autor gezogen, und zwar von J. M. Coetzee in *Das Leben der Tiere*.

Die zweite Datei

I

»Jeden Tag sterben zweihundert Tierarten aus, und Sie sprechen von ›Zivilisation‹?«, hat sie einem von ihrer Mutter bewunderten Kolumnisten geschrieben. Die Mutter hatte den Meinungsbeitrag des Mannes ausgeschnitten und ihr gegeben. Ohne Kommentar, aber mit vielsagendem Blick.

Sie war mit der Richtung des Beitrags nicht einverstanden gewesen. Er handelte von Robotisierung, von der Zukunft des Menschen und der Zukunft der Liebe, und sie konnte nicht begreifen, was ihre Mutter daran tiefsinnig finden konnte, wo der Artikel ihrer Meinung nach nichts anderes enthielt als Konformismus und konfuses Gefasel. Dabei fand sie den Konformismus noch am schlimmsten.

Zwei Tage später bekam sie eine höfliche und nichtssagende Antwort. Sie beschloss, ihrer ersten Reaktion noch eine lange E-Mail hinterherzuschicken, man wusste ja nie, ob man Leute nicht doch überzeugen konnte. Sie schrieb: »Meine Freunde und ich haben gewettet, sie behaupten: Wenn ich Ihnen in mindestens zehn E-Mails beweise, dass Ihre Ausführungen falsch oder einfach unzusammenhängend sind, schreiben Sie endlich mal eine Kolumne mit Hand und Fuß!«

Das stimmte nicht ganz. Sie hatte nicht mit Freunden gewettet, viele Freunde hatte sie nicht, aber manchmal musste man für den guten Zweck lügen.

Seit sie nicht mehr arbeitet, hat sie Zeit, die öffentliche Meinung auf ihre eigene, bescheidene Weise zu beeinflussen. Sie wohnt immer noch unterm Dach bei ihrer Mutter, doch um ihre Wäsche kümmert sie sich selbst. Sie ist hausfraulicher geworden, um ihrer Mutter zu zeigen, dass sie Verantwortungsgefühl besitzt. »Ich bin ein Spätzünder«, hat sie einem Freund gegenüber erklärt, weil sie im Gegensatz zu den meisten Altersgenossen immer noch nicht allein wohnt, aber zugleich findet sie, dass das Alleinwohnen stark überschätzt wird. Wie viele Leute wohnen allein, ohne je wirklich erwachsen zu werden! Auf dem einen Gebiet ist sie ein Spätzünder, auf dem anderen ist sie voraus.

Dass der Status quo so nicht bestehen bleiben kann, der gesellschaftliche Status quo, die Welt insgesamt, ist ihr schon seit Längerem klar. »Titanic« ist eine zu abgegriffene Metapher, außerdem ist dieser Planet kein Luxusdampfer und hat die Menschheit auch nicht versehentlich einen Eisberg gerammt. Die Menschheit ist ihr eigener Eisberg, sie rammt sich pausenlos selbst, und außerdem Tiere und Minderheiten, bewusst, offenen Auges. Zweihundert Tierarten pro Tag!

»Sie hängen dem Irrglauben an, unendliches Wachstum auf einem endlichen Planeten sei möglich«, hat sie dem konformistischen Kolumnisten geschrieben. Ihre Eltern sind auch Konformisten, aber die schreiben wenigstens keine Kolumnen. Ihr Vater ist tot, und für ihre Mutter hat sie eigentlich jede Hoffnung aufgegeben. Die Frau lässt sich nicht mehr überzeugen, sie lebt in dem grauenerregenden Wahn von Liberalismus und Toleranz, Freiheit, Fortschritt und Zivilisation und der unverbindlichen Hoffnung auf die erlösende Kraft des Konsums.

Die Tochter wartet auf die Apokalypse, obwohl sie das selbst nicht so nennen würde, sie wartet auf Christus. Dabei ist Christus im Grunde schon da, sie wartet darauf, dass er sich endlich manifestiert, der Computerwurm Christus, der das Ende des unerträglichen Status quo einleiten wird. Das Ende beschleunigen und so das Leiden vermindern. An manchen Tagen kann sie nicht begreifen, warum es so lang dauert. Christus ist schon in der Welt, hat sich schon verbreitet, muss sich schon in diverse Systeme hineingefressen haben, und doch merkt sie immer noch wenig von seiner vernichtenden und zugleich befreienden Kraft.

Die Mutter wartet auf ihre Tochter, sie wartet auf Annäherung, Liebe, obwohl Nähe ihr vielleicht schon genügen würde. Die Tochter weiß, was die Mutter erwartet. Bei ihr jedoch hat Nähe zu Feindschaft geführt, zu Abneigung, Abscheu. Lillian, die nicht mehr Lillian heißt, ist ihrer Mutter nichts schuldig, dennoch hat sie sich bereit erklärt, mit einem »Coach« zu sprechen, da ihre Mutter das als Bedingung für Lillians weiteren Aufenthalt unter ihrem Dach gestellt hat.

Die Tochter nannte diese Einwilligung »Ersatz für zu zahlende Miete«. Die Mutter erwiderte, sie versuche nur, so mit ihr in Kontakt zu kommen, notfalls über einen Dritten. Ein gutes Beispiel für Konformismus, dass man unbedingt mit seinem Kind in Kontakt kommen will. Warum können Kinder von ihren Eltern nicht unkontaktiert bleiben?

2

Jetzt sitzt sie dem Coach gegenüber in einem Raum, der offenbar sein Wohnzimmer ist: darin ein Esstisch, weiß, ein kleiner Couchtisch, mit weiß gestrichenen Beinen, ein Bücherregal, ebenfalls weiß, voll konformistischer Literatur.

Er heißt Leonard, aber sie könne ihn auch Lenny nennen, hat er gemeint, oder Leo. Er spricht mit leicht amerikanischem Akzent, daher nimmt sie an, dass er aus den USA stammt, aber das fragt sie ihn nicht, denn eigentlich ist seine Herkunft ihr herzlich egal, und wäre es von einem anderen Planeten.

»Ich nenne dich Lenny«, hat sie geantwortet. Lenny gefällt ihr besser als Leo. »Hauptsache, du nennst mich nicht ›Lillian‹.«

Seit ihre Mutter ihr erzählt hat, dass sie nach einer Freundin des Vaters benannt ist, einer Frau, die er offenbar sehr geliebt hat, die aber verstarb, ehe er Lillians Mutter kennenlernte, wollte sie diesen Namen loswerden, der für sie mehr denn je den Gestank des Patriarchats repräsentierte. Der Vater, der seiner einzigen Tochter den Namen der Frau verpasst, die nicht mal ihre Mutter ist. Muss sie da noch irgendetwas hinzufügen? Zeigt das nicht eindeutig, was für ein Mensch dieser Patriarch war?

»Wie soll ich dich dann nennen?«, fragt der Coach. Er trägt eine beige Hose und eine weiße Windjacke, die ihm am Körper flattert, als käme er direkt vom Tennisplatz angerannt.

»Kannst du dir aussuchen«, antwortet sie. »Denk dir was aus, einen Namen, der deiner Meinung nach zu mir passt. Du bestimmst ja doch, wer ich bin, da kannst du auch meinen Namen bestimmen.«

Der Coach zögert einen Moment. Er sitzt ihr gegenüber, eine Art Kassenbuch auf dem Schoß, das er offenbar als Notizheft benutzt. »Dann nenne ich dich ›Gnädigste‹«, sagt er. »Aber ich bestimme deine Identität nicht, das hast du falsch verstanden. Das ist nicht meine Aufgabe, das musst du selbst entscheiden.«

Sie zuckt mit den Schultern. »›Mein Herr‹ geht zur Not auch«, erwidert sie. »Du kannst mich auch ›mein Herr‹ nennen.«

Es gibt noch einen Grund, warum sie hier sitzt, es ist nicht nur das Zimmer bei ihrer Mutter – natürlich, sie braucht ein Dach überm Kopf gegen Kälte und Regen, all diese praktischen Dinge, die das Leben des Menschen verlängern. Aber sie hat für neues Leben gesorgt, jedenfalls wächst etwas in ihr, *das* ist das Problem. ›Fortpflanzung‹ nennen es die Menschen, sie beschreibt es so, wie es ist: Tief in ihr wächst etwas. Zuerst wollte sie es wegmachen lassen. Es erschien ihr ganz logisch: Den Gedanken, eventuell einen Unterdrücker in die Welt zu setzen, fand sie unerträglich. Wegmachen, bevor es zu spät ist, war die Devise. Sie traute sich nicht zu, den potenziellen Unterdrücker in ihr sich anders entwickeln zu lassen als andere Unterdrücker, die auch einmal als goldige Fötusse in den Fruchtblasen von Frauen herumgeschwommen waren, Frauen, die man als Lustobjekte und Brutmaschinen missbraucht hatte. Weder das eine noch das andere wollte sie sein, obwohl man als Frau dem Schicksal als Lustobjekt beinah nicht entgeht. Die Augen, überall begegnet man Augen. Augen, die einen mustern, einem hinterhergaffen, einen ausziehen, einem die Privatsphäre rauben. Wären Männer blind, ginge es der Welt ein ganzes Stück besser.

Sie war in die Klinik gegangen, eigentlich schon zu allem bereit. Da musste sie an die zweihundert Tierarten denken, die jeden Tag aussterben, und Kummer überkam sie, ein so großer Kummer, dass ihr die Tränen in die Augen stiegen. Sie kämpfte dagegen, vergeblich, und verließ die Klinik, ohne den Termin abzusagen. Es war kein Weggehen, es war eine Flucht. Sie nahm die Straßenbahn nach Hause, legte sich ins Bett, weinte, schlief ein, wurde wieder wach und schrieb eine weitere lange E-Mail an den Kolumnisten, den ihre Mutter so schätzte. Gab es irgendetwas, das ihrer Mutter gefiel, das auch ihr etwas bedeutete? Was wusste dieser Mann von der Zukunft der Liebe, wenn er immer wieder bewies, dass er von deren Vergangenheit nicht die geringste Ahnung hatte?

Was da in ihr wuchs, konnte die Frau, die früher Lillian

hieß und die keine Brutmaschine sein wollte, nicht wegmachen lassen, sie brachte es nicht fertig. Noch zweimal hatte sie es versucht, aber weiter als bis ins Wartezimmer der Klinik war sie nie gekommen. Es war, als riefe eine Stimme ihr zu: »In deinem Bauch steckt ein potenzieller Unterdrücker, aber das Schicksal kann eine andere Wendung nehmen, und du kannst sie herbeiführen.« So war es: Das Schicksal steckte in ihrem Bauch, und ihm eine andere Wendung zu geben, lag einzig an ihr.

An dem Abend, als sie zum letzten Mal unverrichteter Dinge aus der Klinik zurückgekehrt war, sagte ihre Mutter zu ihr, sie müsse zu dem »Coach«, wenn sie noch länger unter ihrem Dach bleiben wolle. Die Mutter hatte auch schon einen gefunden, den Ex einer Freundin. Coach. Als sei das Leben ein endloser Wettkampf, und das Kind müsse gecoacht werden, um das Match auf die bestmögliche, das heißt: konformistischste Weise zu bestehen.

»Wer ist der Vater des Kindes?«, fragte ihre Mutter an dem Abend, als sie ihr endlich gestand, es doch nicht wegmachen lassen zu wollen, und zugestimmt hatte, es doch einmal mit dem Coach zu versuchen. »Wirst du mir das jetzt endlich verraten?«

»Ein nicht existierender Mann«, antwortete sie.

»Liebes«, erwiderte die Mutter und versuchte, der Tochter über den Kopf zu streicheln, »nicht existierende Männer können niemanden schwängern. Das können nur existierende, und selbst die nicht immer.«

»Der aber schon«, hatte sie geantwortet.

Der Coach schlägt die Beine übereinander. Sie starrt

auf seine Socken, weiß mit blauen Punkten, topmodisch vermutlich, aber nicht ihr Geschmack. Ihr Vater trug immer nur schwarze, das ist auch nicht das Wahre, aber immer noch besser als die weißen von diesem Coach. Männer und ihre Socken. Menschen und ihre Socken. Hätten die großen Philosophen sich nicht viel häufiger mit den Socken ihrer Mitmenschen beschäftigen sollen? Wäre das für die Menschheit nicht besser gewesen?

»Du bekommst ein Kind«, sagt der Therapeut. »Wie, glaubst du, wird das dein Leben verändern? Hältst du dich für fähig, das Kind allein zu erziehen? Denn wenn ich es richtig sehe, wird der Vater sich nicht darum kümmern?«

Er mustert sie mit seinem Hundeblick. Dieser Blick macht sie schwach, obwohl ihr Katzen lieber sind als Hunde.

»Nein«, antwortet sie, »der wird sich nicht darum kümmern. Der Erzeuger.«

»War es geplant?«

»Das Baby?« Einen Moment schaut sie auf ihren Bauch, aber da ist nichts zu sehen. »Es ist ein Virus«, sagt sie. »Das Baby ist ein Virus. Aber ich liebe diesen Virus, ich lasse ihn nicht gehen.«

Der Therapeut steht auf, setzt sich neben sie. Für einen Moment scheint es, als wolle er den Arm um sie legen, aber er fragt nur: »Möchtest du einen Tee? Saft habe ich auch. Apfelsaft. Aber ich kann dir nur helfen, wenn du das selbst willst. Das verstehst du doch, oder?«

3

Sie ist seit gut vier Monaten schwanger, als es eines Morgens an der Tür klingelt. Wer gut achtgibt, kann es sehen: In ihr wächst etwas, das Schicksal in ihrem Bauch wird immer größer. Erst denkt sie an ein Paket, ihre Mutter bestellt alles im Internet: Bücher, Kleidung, ab und zu sogar Shampoo für empfindliche Kopfhaut, Shampoo, das es in der Drogerie offenbar nicht gibt. Sie nimmt alles entgegen, als nicht arbeitende, nicht studierende, als unproduktive Tochter.

Doch als sie an diesem Morgen die Tür öffnet, sieht sie keinen Postboten oder Mann vom Paketdienst, sie sieht Polizisten, sie kann sie so schnell gar nicht zählen. Einer von ihnen sagt etwas zu ihr, aber weil ihr schwindlig ist, schwindlig von den Polizisten, von dem Gedanken, dass es jetzt losgeht, versteht sie ihn nicht. Er muss seine Worte zweimal wiederholen, und noch während er das tut, schiebt er sie behutsam beiseite.

Sie geht hinter den Polizisten her. »Machen Sie nichts kaputt!«, sagt sie. »Das meiste gehört meiner Mutter.«

Obwohl sie ihre Probleme mit deren Geschmack und Ansichten hat – so hautnah-persönlich braucht die Apokalypse nun auch wieder nicht zu kommen, dass das Haus ihrer Mutter sich von einer Minute zur anderen in eine Ruine verwandelt. Am Morgen hat sie eine ordentlich aufgeräumte Wohnung verlassen, am Abend kehrt sie in ein Krisengebiet zurück.

Jetzt, wo die Apokalypse bevorsteht, sorgt die Tochter sich langsam um die Details, das nur allzu Persönliche. Die Tochter hat genug Filme und Fernsehserien gesehen, sie hat Angst, die Schubladen ihrer Mutter könnten ausgekippt werden, Schubladen mit Fotos und Briefen des Vaters, des toten Patriarchen. Das hat die Mutter nicht verdient, die sich regelmäßig über die Ungreifbarkeit der Tochter beklagt sowie darüber, wie sehr der Vater ihr fehlt und was für eine Leere der Patriarch, der Unterdrücker, in ihrem Leben hinterlassen hat. Wie merkwürdig sind die Menschen, sogar ihren Unterdrücker zu vermissen – zu glauben, den Unterdrücker lieben zu können!

»Warum bist du mir so fremd?«, hat die Mutter in letzter Zeit öfter gefragt. »Ich habe dich geboren, aber ich verstehe dich immer weniger. Wie soll ich mich zu dem Wesen verhalten, das da in dir wächst? Bald ist es so weit. Was soll ich ihm sein? Eine Oma? Aber du willst ja nicht mal, dass ich dir eine Mutter bin, du willst lieber eine ungreifbare Fremde für mich bleiben. Ich glaube, damit willst du mich bestrafen. Aber warum müssen die, die dir am nächsten stehen, immer am schlimmsten bestraft werden?«

An diese Worte muss sie denken, während die Polizisten

durchs Haus gehen, offenbar ganz zielstrebig. Die Männer – es sind ausschließlich Männer – kramen nicht in Schubladen, stoßen keine Mülleimer um, gehen vielmehr direkt unters Dach, zu ihrem Laptop, aber damit hat sie gerechnet.

»Was suchen Sie eigentlich?«, fragt sie in ironischem Ton, der Ironie, die man für jene Teile der bestehenden Ordnung bereithalten muss, die das Bekämpftwerden nicht wert sind.

Mit dem Kommen der Polizei hat sie gerechnet, aber wenn es dann so weit ist, erschrickt man doch. Jetzt geht es los, trotzdem ist sie enttäuscht. Sie hatte mehr erwartet, Hubschrauber zum Beispiel. Wenn der Status quo auf dem Spiel steht, wäre es doch das Mindeste, dass sie Hubschrauber einsetzen? Aber sie hört nichts als Gepolter, die gedämpften, fast flüsternden Stimmen der Polizisten.

Kein Hubschrauber kreist über dem Haus. Sie schaut aus dem Fenster: nichts als die ewigen niederländischen Wolken.

Die Männer nehmen noch ein paar Notizbücher mit, aber auch darin werden sie nichts finden. Aufzeichnungen darüber, was in ihr wächst, über die Liebe, den Virus. Keine Notizen über den nicht existierenden Mann, keine Hinweise auf Christus.

»Wir müssen dich bitten mitzukommen«, sagt einer der Polizisten. Sie beantwortet die Bitte, die keine Bitte ist, mit der Frage, ob sie ihrer Mutter eine Nachricht hinterlassen darf. Selbst das ist kein Problem.

»Liebe Mama«, schreibt sie. So spricht sie ihre Mutter

sonst nie an, aber jetzt, wo es losgeht, die Revolution, ist Mitgefühl angebracht. Der Mutter wird es nicht leichtfallen, sich an die Veränderungen zu gewöhnen, die in immer höherem Tempo stattfinden werden. Sie wird sich der neuen Ordnung anpassen müssen, und das wird ihr schwer werden, denn sie hängt ziemlich am Alten. Sie hat immer gesagt, von einer Revolution sei nichts Gutes zu erwarten, sie gehört zu den Menschen, die glauben, zum Status quo gebe es keine Alternative – eine fantasielose Frau eigentlich, aber eine, mit der sie trotz allem verbunden ist, besonders, solange sie bei ihr unterm Dach biwakiert und vielleicht noch aus anderen Gründen. Die Mutter wird es in der neuen Welt genauso schwer haben wie sie in der alten, und das stimmt die Tochter nachsichtig.

»Bin auf dem Polizeirevier«, schreibt sie. »Mach dir keine Sorgen. Ich rufe dich an, sobald ich dazu komme. Alles Liebe, Lillian.« Einen Moment hat sie gezögert, aber zu guter Letzt doch beschlossen, mit dem Namen zu unterschreiben, den ihr der Patriarch gegeben hat. Um der Mutter entgegenzukommen, ihren Schmerz zu lindern, um ihr zu zeigen, dass die ihr hin und wieder vorgeworfene Kälte nichts anderes ist als Wut über Unrecht. Wie soll man warmherzig sein in einem kaltherzigen, unmoralischen Universum? Wie seinen Nächsten ein wärmender Ofen, wenn man den Status quo damit nur aufrechterhält?

Die Männer sind alles andere als unfreundlich, sie begleiten sie zum Auto, aber sie fassen sie nicht oder kaum an. Sie schaut sich um, ob sie Kameras sieht, Fotografen; soeben noch, als die Männer ihren Laptop mitnahmen, hat sie sich vorgestellt, wie sie sich vor Blitzlichtgewitter in Sicherheit bringen müsste, wie ihr Fragen zugerufen würden, Fragen zu Christus: »Wie lange ist er schon da?« Oder würden sie damit bloß meinen: »der Virus«? Was würden sie über Christus wissen wollen, was schon vermuten, welche Fakten wären bekannt? Würden sie rufen: »Wer ist für Christus verantwortlich? Steckt ein ausländischer Geheimdienst dahinter?« All diese Fragen hat sie sich gestellt, all diese Bilder vor sich gesehen. Wie eine Schwangere auf die Geburt ihres Kindes hat sie sich auf ihre Verhaftung vorbereitet. Doch kein Mensch steht vor der Tür. Kein Vertreter der journalistischen Zunft, die sie verachtet, nicht persönlich natürlich, persönlich verachtet sie niemanden, zumindest versucht sie das.

Ein Nachbar von gegenüber ist mit seinem Hund auf der Straße. Er wendet sich ab, offenbar peinlich berührt, als sehe er etwas, das nicht für seine Augen bestimmt ist.

Auf dem Weg zum Revier wird nicht mit ihr gesprochen. Ihr ist nicht mehr so schwindlig, aber richtig gut fühlt sie sich immer noch nicht.

Diese Straßen kennt sie. Fast überall ist sie schon entlanggelaufen, geradelt, gerannt. Sie kommen an einer Straßenecke vorbei, wo sie an einem Abend vor Kurzem getanzt hat. Allein. Dabei hatte sie Einladungen von Leuten bekommen, die sie zum Tanzen aufforderten, obwohl sie das nicht gut kann, aber die hatte sie ausgeschlagen. An dem Abend jedoch war sie spazieren gegangen, es war schon spät. Fast niemand war mehr draußen. Sie hatte eine Eingebung gehabt, eine Erkenntnis, darum tanzte sie:

Christus sollte nicht nur vernichten, das war nur die erste Phase; danach musste eine zweite kommen, in der Christus den Menschen gäbe, wonach sie sich sehnten: Liebe. Denn dass sie das wollten, sah sie jeden Tag an ihrer Mutter. Darum hatte sie an der Straßenecke getanzt. Nicht lange, höchstens ein paar Minuten. Bis ein Auto vorbeikam und hupte. Ein Mann lehnte sich aus dem Fenster, rief ihr etwas zu. Sie hörte abrupt auf, beschämt; wieder einmal war sie zum Lustobjekt degradiert worden, und dafür schämte sie sich, obwohl sie wusste, dass eigentlich der Degradierer sich schämen müsste. Eilig war sie nach Hause gegangen.

Auf dem Revier wird sie in einem Raum deponiert, der eher an ein Büro als an ein Vernehmungszimmer erinnert. Ihr Handy, ein altes Modell – aus verschiedenen Gründen weigert sie sich, ein Smartphone anzuschaffen –, hat man ihr zu ihrem Erstaunen gelassen.

Die Mutter ist noch bei der Arbeit. Die Tochter stellt sich vor, wie sie reagieren wird, wenn sie nach Hause kommt. Gern hätte sie jetzt etwas zu lesen, oder ein Spiel, ein Puzzle, manchmal puzzelt sie gern. Ihr Mund ist trocken, aber niemand bringt ihr etwas zu trinken. Als hätte man sie vergessen. Und aus irgendeinem Grund kann sie auch nicht aufstehen, vor die Tür gehen und um Wasser bitten. Sie kann sich nicht rühren. Sie reibt sich über den Bauch.

Als schließlich eine Frau hereinkommt, hat sie das Gefühl, als erwache sie aus einem Traum. Sie hatte sich auf mehrere Männer eingestellt, nicht auf bloß eine – kaum ältere – Frau, höchstens zehn Jahre älter als sie.

Die Frau – sie trägt einen auffällig langen Pferdeschwanz – setzt sich ihr gegenüber. Sie stellt eine Flasche Wasser auf den Tisch und nickt, als wolle sie sagen, die Verdächtige dürfe jetzt trinken, als müsse man sie ermuntern.

Sie weiß nichts über ihren Status: Wird sie wirklich verdächtigt? Ist sie festgenommen? Dass sie Staatsfeindin ist, daran kann kein Zweifel bestehen. Für eine Staatsfeindin ist eine einzige Polizistin mit Pferdeschwanz etwas wenig, aber natürlich macht der Staat auch Fehler. Der Staat, erschöpft und innerlich ausgehöhlt, weiß nicht mehr, wo der Feind steht. Darum schickt er eine Frau mit Pferdeschwanz, die eher wie eine OP-Schwester aussieht als wie jemand, der die bestehende Ordnung mit allen Mitteln verteidigen muss. Die Frau fängt an zu reden, aber sie, die nicht weiß, ob sie überhaupt als festgenommen gilt, kann sich nicht auf die Worte konzentrieren. Sie hört den Namen des nicht existierenden Mannes, einen seiner Namen zumindest, aber was kann man über nicht existierende Männer erzählen? Sie merkt, dass die andere geringschätzig über ihn spricht. »Es hat keinen Sinn, ihn zu schützen«, sagt sie, »du ahnst nicht, wie viele er reingelegt hat. Bürger. Firmen. Behörden. Vandalismus, reiner Vandalismus, sonst nichts, verkauft als Revolution.«

Aber war das nicht schon immer das Argument gegen Revolution: Sie sei nichts anderes als Vandalismus? Als gäbe es irgendeine Revolution ohne Gewalt. Die alte Ordnung wird umgestürzt, aber alles bleibt ganz? Nein, so funktioniert das nicht.

Sie lehnt sich zurück, wirkt völlig entspannt, wie manchmal zu Hause vor dem Fernseher, wenn sie gerade nicht genug Kraft hat, die öffentliche Meinung zu beeinflussen oder die Anhänger des Konformismus auf subtile Weise lächerlich zu machen. Die Tochter, jetzt entlarvt als Staatsfeindin, legt sich die Hand auf den Bauch. »Etwas wächst in mir«, sagt sie.

Für einen Moment wirkt die Frau gegenüber aus dem Konzept gebracht, als sähe sie erst jetzt, wer da wirklich vor ihr sitzt. Eine schwangere Frau, eine Brutmaschine. Die Gesellschaft hat immer Respekt vor Brutmaschinen gehabt, schließlich dient die Brutmaschine dazu, neue Unterdrücker hervorzubringen; Respekt vor der Brutmaschine war darum in letzter Instanz immer Respekt vor dem Unterdrücker.

Natürlich kamen aus der Brutmaschine auch Unterdrückte, aber weil man nie genau wusste, was herauskommen würde, musste die Gesellschaft stets einen gewissen Respekt vor der Brutmaschine bewahren. Die junge, noch fruchtbare Frau hat bestimmte Vorrechte, jedenfalls, solange sie zur Fortpflanzung bereit ist. Lang dauern diese Vorrechte nicht – die ältere Frau hat dann überhaupt keine mehr –, und diesen ekelerregenden Respekt vor der Brutmaschine sieht sie nun auch in den Augen dieser Frau, die ihr auf den Hals gehetzt worden ist, um sie, die Tochter, die sich als künftige Mutter zu erkennen gegeben hat, unschädlich zu machen.

»Etwas wächst in mir«, wiederholt sie, doch die Frau, die hier fürs Befragen bezahlt wird und denjenigen, die ihre Informationen lieber für sich behalten, Antworten entlocken soll, reibt sich nur kurz übers Auge.

»Warum willst du jemanden schützen, der dich nicht schützt?«, fragt die Vertreterin des Staates zuletzt. »Was hast du davon? Ist das nicht naiv, ist das nicht das Schlimmste, was einem Menschen passieren kann: jemanden zu schützen, der einen verrät?«

Ob diese Frau denkt, sie würde die klassischen Dilemmata nicht kennen? Ist der Staat dermaßen ausgehöhlt, dass er seine Feinde systematisch unterschätzt? Solch eine Nachlässigkeit kann sie sich eigentlich nicht vorstellen, aber man darf nichts ausschließen; wenn das System sich in der letzten Phase befindet, kann alles sehr schnell gehen.

»Bin ich festgenommen?«, fragt die Verdächtigte.

»Nein«, erwidert die Frau. Nicht freundlich, eher wie etwas, das ganz selbstverständlich ist. »Wir wollen nur mit dir sprechen, aber ich habe den Eindruck, dass du dich dem Gespräch verweigerst.«

Sie zuckt mit den Schultern.

»Ist er der Vater des Kindes?«, fragt sie und nennt den Namen des nicht existierenden Mannes. »Du weißt, dass er für all den Vandalismus verantwortlich ist, die tückische Software, die ihr Christus nennt, ein zynischer Name für einen zynischen Computerwurm.«

Die ihrer Festnahme knapp entronnene Tochter schüttelt den Kopf. »Nein«, sagt sie. »Dieser Virus hat keinen Vater, für diesen Virus bin ich alleine verantwortlich.«

»Ein Virus?«

Sie nickt. Die Staatsfeindin hat nichts mehr hinzuzufügen, und als ob die andere das einsehen würde, sagt sie: »Ich denke, unser Gespräch ist für heute beendet. Wir behalten deinen Laptop noch hier. Um ihn genauer zu untersuchen. Deine Notizbücher darfst du mitnehmen.«

Der Laptop als Haustier, das die Nacht in der Tierklinik verbringen muss, so freundlich und unaufgeregt geht es hier zu.

Sie unterschreibt für die vorübergehende Überlassung des Laptops. Sie liest sich kaum durch, was sie unterschreibt. Was für einen Sinn hat das noch? In dieser Phase? Hat die sogenannte Zivilisation sich je darum gekümmert, was unter Verdacht Stehende unterschreiben oder nicht?

Mit ihren Notizbüchern verlässt sie das Revier. Sie wird nicht mehr darin schreiben, sie sind unrein geworden.

Einen Moment überlegt sie, ob sie mit einem öffentlichen Verkehrsmittel heimfahren soll, aber sie beschließt zu laufen. Gut möglich, dass Christus den Verkehr derart stört, dass alles still steht, und da will sie lieber nicht in einer Straßenbahn festsitzen. An einem Kiosk kauft sie alle Zeitungen des Tages. Auf den vorderen Seiten steht nichts, jedenfalls nichts über die Ankunft des großen Zerstörers, aber das kann auch Taktik sein: totschweigen, solange es geht. Oder es irgendwo im Innenteil verstecken, damit es niemandem auffällt, dass er auf Erden schon wirkt.

Sie geht nach Hause. Noch immer ist ihr etwas schwindlig. Weniger als sonst ist sie sich der feindlichen, sie anstarrenden Augen bewusst, sie hat keine Kraft mehr, sich auf die Blicke der Unterdrücker zu konzentrieren, sie mit ihrem eigenen tödlichen Blick zu bestrafen.

Anders als sonst verschwindet sie nicht sofort unterm Dach. Auf dem Fußboden im Wohnzimmer macht sie sich ans Durchblättern der ersten Zeitung. Nichts. Sie blättert weiter, die zweite. Hektischer, wilder. Wieder nichts. Sie fängt von vorn an, ängstlich, sie könnte vor Müdigkeit und brennenden Augen etwas übersehen haben. Aber sie hat nichts übersehen. Eine dritte Zeitung, vielleicht ist die ehrlicher? Auch in dieser kein Wort über ihn, nicht der kleinste Bericht. Lügenpresse!

Ein wütender Schrei entfährt ihrem Mund. Schrill, lang und laut, sie erschrickt selbst davon. Dann beginnt sie, die Zeitungen in Fetzen zu reißen, als zerreiße sie damit die ganze alte Ordnung, und schnell sitzt sie wie auf einer frisch gefallenen Schneedecke von Zeitungsschnipseln. So findet sie ihre Mutter.

Die alte Frau setzt sich neben sie. Sie schweigt, tut, als sei es die normalste Sache der Welt, dass es in ihrem Wohnzimmer Zeitungsschnipsel geschneit hat.

Dann beginnt sie zu weinen. Ganz leise, unhörbar, aber die Tochter sieht Tränen ihre Wangen hinunterlaufen. Dieses erbärmliche Wesen, das die Welt, in der es lebte, niemals durchschaute, das der Auffassung huldigt, Leben bedeute Mitmachen, dieses Wesen erklärt: »Ich möchte es dir so gerne sagen, aber ich schaff's nicht. Ich werde immer schwächer.«

Die Tochter schaut die geschwächte, alte Frau an, die murmelt: »Ich möchte es dir so gern mal sagen, ich möchte ganz normal mit dir reden, aber ich kann es nicht mehr. Ich kann nur noch heulen. Ich werde schwächer und schwächer.«

Ansonsten sind da nur noch die Papierschnipsel, so

fanatisch hat die Tochter die Zeitung zerrissen, so klein sind sie, dass reden und atmen genügen, um sie durch die Luft wirbeln zu lassen, und in dem Moment geht der Tochter auf, dass diese Repräsentantin der alten Ordnung, diese traurige Brutmaschine, die »Mama« genannt werden möchte, auch etwas Gutes hervorgebracht hat: Sie hat die Tochter, die Staatsfeindin, erzogen, hat den Geist des Protests heranwachsen lassen, sie beherrscht die Technik des Widerstands, vielleicht nicht für sich, aber für ihre Nachkommen. Wie wäre die Tochter sonst zu der geworden, die sie ist? Ist nicht auch sie ein Produkt dieser Frau?

»Mutter«, sagt die Tochter, denn dies ist ein feierlicher Moment, »ich möchte, dass du dich um den Virus kümmerst, du musst ihn großziehen.«

Die alte, geschwächte Frau wischt sich übers Gesicht. Schnelle, ungeschickte und verschämte Bewegungen. »Aber ich dachte, wir erziehen das Kind gemeinsam? Du und ich. Zusammen. Allein kann ich das nicht, und nenn es nicht ›Virus‹. Wer der Vater auch ist, es sagt nichts über das Wesen, das da in dir langsam Mensch wird.«

Die Tochter schüttelt den Kopf. Man muss hart sein, wenn man etwas verändern will, schwache Menschen lassen alles beim Alten. Es sind die Harten, die die Welt verändern, die Kämpfernaturen, die gnadenlos sein können.

»Ich habe andere Dinge zu tun«, erklärt sie. »Du musst das machen, du musst für den Virus sorgen. Du hast auch für mich schon gesorgt, mich zu dem gemacht, was ich bin.«

Dann steht sie auf. Sie geht in ihr Dachzimmer, doch kaum ist sie dort, geht sie wieder nach unten, zu der alten

Frau, die immer noch auf dem Schneeteppich von Zeitungsschnipseln sitzt. Kurz berührt sie die Schulter der ehemaligen Brutmaschine, dann holt sie einen Müllsack aus der Küche und sammelt die Schnipsel auf. Als sie damit fertig ist, fast keine Schnipsel mehr übrig sind, sagt sie: »Ich weiß, dass du dich nach meiner Liebe sehnst, aber der Virus ist auch Liebe. Er wird dir geben, was die Menschen nicht konnten. Da bin ich mir sicher. Daran wird gearbeitet. Die neue Ordnung wird keine lieblose Ordnung sein, im Gegenteil, die alte Ordnung war lieblos.«

Die Frau, die nicht aufstehen kann oder das vielleicht einfach nicht will, schaut zu ihrer Tochter auf. »Verstehst du eigentlich selbst, was du da sagst?«, fragt sie. »Wie können solche Worte aus deinem Mund kommen? Ich verstehe das nicht. Warum nimmst du einfach nichts in der menschlichen Kommunikation ernst?«

»Ich nehme die menschliche Kommunikation sogar sehr ernst«, erwidert die Tochter; dann geht sie zu der Stelle, wo sie den anderen Laptop versteckt hat. Sie haben nicht richtig gesucht, und darum auch nichts gefunden, die Vertreter der öffentlichen Ordnung. Die Tochter klappt den Rechner auf, aber jetzt fehlt ihr die Motivation. Was sie auf diesem Laptop an Christus erinnert, verursacht ihr im Moment nur Schwindelgefühl. Vielleicht ist der alte Christus seiner Aufgabe nicht richtig gewachsen. Sie versteckt den Rechner wieder und geht zu ihrer Mutter.

Die alte Frau hat sich aufs Sofa gesetzt, das beruhigt die Tochter. So eine Frau darf nicht einfach auf dem Boden sitzen wie ein Baby.

»Die Liebe wird kommen«, sagt sie, »auch für dich, nicht dieser Schmutz, den ihr Liebe nennt, nein: wahre Liebe, Liebe, die nicht von dieser Welt ist.«

Und für einen Moment setzt sie sich zu ihrer Mutter, wie Menschen nebeneinander sitzen, als wolle sie ihr einen Vorgeschmack geben auf das, was kommen wird, wenn die alte Frau nur Geduld hat.

4

Schwanger sitzt sie in ihrem Dachzimmer, brütend, wartend auf Christus, der einfach nichts von sich hören lässt, der verheerende Wurm, verheerender als alles Vorhergehende, raffinierter als Stuxnet. Der Wurm verhält sich so still, dass sie hin und wieder an seiner Genialität zweifelt und fürchtet, sein Schöpfer habe einen Fehler gemacht, irgendetwas übersehen.

Langsam beginnt ihr Bauch sich zu wölben, sie bekommt einen leicht watschelnden Gang, und der Ekel, den sie schon immer vor ihrem Körper als Lustobjekt verspürte, ist nur noch größer geworden. Jetzt kann auch sie sich nur noch als Brutmaschine betrachten, darum schaut sie so selten wie möglich an sich hinunter. Spiegel meidet sie. Manchmal sieht sie sich in reflektierenden Flächen vorbeihuschen, und dann ist sie sich nicht sicher: Ist sie das, oder ist es ihre Mutter?

Auf ihrem Zimmer unterm Dach arbeitet sie an einem Programm, das die zweite Phase der Revolution einläuten wird. Wenn Christus die bestehende Ordnung ins Wanken gebracht, hat einstürzen lassen – »erst wanken, dann einstürzen«, hat ihr der nicht existierende Mann gesagt –, wird die neue Phase beginnen, die Phase der Liebe. Sie macht langsam Fortschritte, sie hat Erfahrung: Die Welt der Nullen und Einsen ist ihr schon immer vertraut gewesen.

Das Programm, an dem die Tochter arbeitet, soll den Menschen Liebe schenken, zunächst ihrer Mutter. Danach werden andere folgen. So ist das immer gewesen: Man beginnt mit einer Person und steigert die Zahl der Betroffenen so lange, bis eine kritische Masse entsteht.

Was ist Liebe anderes als liebevolle Anrede? Ist die einmal erfolgt, kann sich jeder die verständnisvollen Blicke dazudenken. Lillians Mutter, die sich über ihre Ungreifbarkeit beklagt, beklagt sich letztlich über die Sprache der Tochter. Die Tochter tut nicht, was andere Töchter in ihrem Alter tun, und damit meint sie: Die Tochter sagt nicht, was andere Töchter sagen, spricht nicht wie andere Töchter jenseits der zwanzig. Sprache ist auch Verhalten. Langsam freunden Tochter und Mutter sich an, so läuft das normalerweise. Sie reden über Liebesdinge, wie Verbündete – oder wie zwei Komplizinnen, die heimlich Konkurrentinnen sind. So hat die Tochter noch nie mit der Mutter gesprochen, die Tochter durchschaute, was sich hinter solchen Gesprächen verbirgt, welche Mechanismen in ihnen wirken. Sie hat der Mutter zugerufen: »Ändere dich, bevor es zu spät ist. Lehne diese Welt ab, bevor wir alle miteinander zugrunde gehen.« Und in diesem Weckruf sah die Mutter Gefühlskälte, in diesem Hilfsangebot Ablehnung.

Doch als die Tochter die alte Frau im Wohnzimmer auf

den Zeitungsschnipseln sitzen sah, wurde ihr klar, dass sie in Zukunft kulanter sein musste. Manche Menschen kommen ohne Betäubung nicht aus, ohne das Schmerzmittel, das sie Liebe und Zärtlichkeit nennen. Sie war zu streng gewesen, streng zu sich selbst, doch sie war stark genug, streng aber auch der alten Frau gegenüber: zu streng. Jetzt arbeitet sie an Christus II, der der alten Frau geben wird, wonach sie sich schon so lange sehnt.

Denn Liebe besteht aus nichts anderem als Sprache: »Mama, wollen wir zusammen Kaffee trinken?« Oder: »Mama, soll ich mich zu dir setzen?« Eine SMS. Eine WhatsApp. Viel mehr ist für Zärtlichkeit nicht nötig.

Und die echten Liebkosungen? Die kommen schon noch. Jetzt, da die künstliche Intelligenz im Begriff ist, die des Menschen zu übertreffen, da der Quantencomputer schon so gut wie realisiert ist, wird es nicht mehr lang dauern, bis der Mensch sich von der künstlichen Intelligenz streicheln lässt, einer Intelligenz, die der Tochter zufolge nichts Künstliches hat – schließlich: Wie künstlich ist der Mensch selbst? Seine Äußerungen? Seine Kultur? Seine Kunst? Ist das alles nicht ebenfalls künstlich? Selbst das, was da in ihr wächst, was sie spürt, wenn sie sich die Hand auf den Bauch legt, macht auf sie einen merkwürdig künstlichen Eindruck.

Christus II generiert Nachrichten, die die Mutter liest und mit bemerkenswerter Geschwindigkeit beantwortet: »Bin bei der Arbeit«, schreibt sie zurück, »will dir aber noch sagen, wie toll ich es finde, dass du Annäherung suchst. Das ist wieder mehr die Lillian, die ich von früher kenne.«

Ist sie gefühllos, weil sie Christus II geschaffen hat und ihn jeden Tag weiter perfektioniert? Ist die Maschine gefühllos, weil sie keine Bedürfnisse hat? Lillian beantwortet diese Frage mit einem leidenschaftlichen »Nein!«. Gefühllos sind vielmehr die Menschen, mit ihren Emotionen, die sie nicht beherrschen und die sich noch am besten mit Sodbrennen vergleichen lassen, lauten, stinkenden Rülpsern; in den unpassendsten Momenten kommen sie nach oben. Gefühllos, nicht trotz, sondern wegen ihrer Emotionen.

»Wollen wir uns heute Abend gemütlich aufs Sofa kuscheln?«, schreibt Christus II. Die Mutter antwortet begeistert: »Ja!« In ihrer Begeisterung scheint sie nicht zu merken, dass die meisten ihrer Fragen und Antworten subtil ignoriert werden. Aber ist nicht gerade das menschlich an menschlicher Kommunikation? Dass oberflächlich zugehört und gelesen wird, dass man Einladungen vergisst, Fragen unbeantwortet lässt, dass Klagen ausgestoßen werden, auf die kein Mensch je reagiert, als hätte man sie niemals geäußert?

Zusammen auf dem Sofa. Ist das nicht, wonach die alte, geschwächte Frau sich so sehnte: dass die Tochter sich abends neben sie unter die Decke kuscheln sollte, sie sich zusammen vor der Welt verkröchen? Nicht nur das Winterschlaf haltende Tier verkriecht sich in seiner Höhle, auch der Mensch, der sich der Liebe hingibt, würde am liebsten in einer Höhle verschwinden, wenn auch nicht allein.

Mehr als Worte sind nicht nötig, um Liebe in die Welt

zu bringen, und weil sie das nicht kann, Liebe geben, weil die Menschen das aus verschiedenen guten Gründen nicht können, arbeitet die Tochter an dem Programm, das die Liebe immer effektiver hervorbringen wird.

Die Mutter hilft Süchtigen, gegen ihre Sucht anzugehen. Sie bekommt eine SMS von der Tochter: »Mama, wollen wir heute Abend zusammen essen?« Entzückt schreibt sie zurück: »Tolle Idee!« Die Tochter antwortet: »Wie viel Uhr? X.«

Es funktioniert: Die Sprache, die sie nicht über die Lippen bekommt, kommt aus dem Mund von Christus II und schenkt der alten Frau Frieden. Liebe ist beruhigend. Einfach ist die Liebe, kompliziert nur die Technik, die sie hervorbringt. Mit allzu originellen Liebeserklärungen braucht man niemandem zu kommen, die sind unverständlich und werden nicht geschätzt. Warum an den alten, vertrauten Formeln allzu viel rütteln?

Die Brutmaschine watschelt durchs Haus, während die Mutter arbeitet. Immer wieder gibt es Momente des Zweifels: Ist das hier nicht Betrug? Kann eine Maschine im Namen eines Menschen sprechen? Muss sie der Mutter nicht sagen: »Ich bin es nicht, es sind nicht meine SMS, es ist Christus II, der in meinem Namen spricht und dir gibt, was ich dir nicht geben kann.«

Doch dann nimmt sie sich zusammen, schließlich ist auch der Mensch nur eine Maschine, und über deren Perfektion kann man streiten.

Sie muss zugeben, dass das Schweigen von Christus, dem Wurm Christus I, ihr viel größere Bauchschmerzen bereitet als die Liebes- und Sympathiebekundungen, die Zeichen der Zuneigung, der Annäherung, die Christus II in allerlei Varianten generiert, ausspuckt, in die Welt setzt und die die Menschen, bisher einen, dazu bringt, sich besser zu fühlen.

Christus I hinterließ sie mit einem Gefühl der Leere. Sie hat es aufgegeben, News-Websites und Zeitungen zu checken, sie liest keine Nachrichten von Leuten, in denen sie früher Gleichgesinnte vermutete. Hin und wieder beruhigt sie sich mit dem Gedanken, dass sie die Zusammenhänge ja nicht alle überblickt. Das menschliche Auge sieht so wenig, wer weiß, wie viel Schaden der Wurm schon angerichtet hat. Vorläufig unsichtbar, umso erschreckender für die Menschen, wenn der ganze Schaden erst sichtbar wird: Der Schaden am Status quo wird nicht wiedergutzumachen sein.

Die Tochter lenkt sich ab, indem sie sich allerlei Fragen vorlegt, wie zum Beispiel: Kann eine Maschine den Menschen betrügen? Nein, Betrug ist etwas anderes. Betrug ist, wenn ein Mensch spricht, ohne zu wissen, was er sagt; Betrug ist Konformismus.

Sie bekommt ihren alten Laptop zurück. Sonst geschieht nichts, kein Haftbefehl, kein Hausarrest, keine Anklage. Enttäuschend, wie der Staat mit seinen Feinden umspringt: arrogant und geringschätzig.

Aber der Zweifel wächst, Gewissheit verwandelt sich in Unsicherheit. »Ich glaube dir nicht mehr«, flüstert sie dem nicht existierenden Mann zu.

Am Abend kommt die Mutter nach Hause. Erschöpft

lässt sie sich aufs Sofa sinken, ohne erst ihre Jacke aufzuhängen. Die geschwächte, alte Frau nennt sich jetzt allerdings nicht mehr geschwächt. Sie hat Essen aus einem indonesischen Takeaway mitgebracht.

»Du hast dich so sehr geändert«, sagt sie. »Darüber bin ich sehr froh, liegt das an den Sitzungen bei dem Coach? Hat es dir gutgetan? Musst du noch weiter hin? Die Sitzungen sind nicht billig.«

»Das liegt an Christus II«, murmelt die Tochter, aber so, dass die Mutter es nicht hört. Laut sagt sie: »Ich möchte noch eine Weile hingehen. Es tut mir gut.«

Für einen Moment setzt sie sich neben die Mutter aufs Sofa, und sei es nur darum, weil Christus II es der alten Frau versprochen hat. Kurz und mit leichtem Unbehagen legt sie ihr den Arm um die Schultern.

Noch einen Moment muss der Mensch sich mit menschlichen Zärtlichkeiten begnügen, unvollkommenen, unglaubwürdigen, lügnerischen Liebkosungen, aber nicht mehr lange, und Christus II wird nicht nur die Worte, sondern auch die Zärtlichkeiten generieren, an denen die armseligen und schwachen Sterblichen sich wärmen werden. Keine Liebkosungen mehr, die in den Schlaf wiegen, nein: solche, die wach machen, die die Geistesgegenwart erhöhen, die die Wahrheit ans Licht bringen.

5

Die Hebamme hat ein Piercing im linken Nasenflügel, klein und elegant, man kann es leicht übersehen. Die Hebamme, genauso alt wie die Tochter, kann zupacken, doch dafür ist sie natürlich auch Hebamme.

Sie stellt keine Fragen, die man besser nicht stellt, wie zum Beispiel: Wo ist der Vater?

Sie hat die Mutter bereits kennengelernt und geht offenbar davon aus, dass Mutter und Tochter das Kind zusammen großziehen.

Zuerst meinte die Mutter, die Tochter solle ins Krankenhaus gehen, aber die wollte ihre Last unbedingt in ihrem Dachzimmer loswerden. Dank der liebevollen Nachrichten von Christus II ließ die Mutter sich bemerkenswert leicht überreden. »Wenn du es so willst«, sagte sie. »Es ist dein Kind.«

»Mein Virus«, murmelte Lillian.

Die Hoffnung, Christus I könne noch von sich hören lassen, hat sie aufgegeben, sie erwartet auch nicht mehr, festgenommen zu werden. Der große Stillstand, der allumfassende Blackout, möge irgendwann einmal kommen, aber nicht durch Christus I, das scheint ihr jetzt ausgemacht. Eine leichte Verbitterung kann sie zuweilen kaum unterdrücken. Hätte sie weniger Hoffnung mit ihm verbunden, ginge es ihr jetzt besser, doch das ist der Preis, den sie zu zahlen bereit ist. Die Euphorie, die sie vorübergehend spürte, war diese Leere wert.

Die Mutter hat sich von der Arbeit freigenommen, die Süchtigen müssen heute mal ohne sie klarkommen. Schon den ganzen Tag liegt die Tochter in ihrem Dachzimmer. Die Wehen kamen und gingen, die Eröffnungsphase begann, die Hebamme und die alte, nicht mehr allzu geschwächte Frau blieben gelassen.

Zwischen den Wehen erscheint ihr der nicht existierende Mann vor dem inneren Auge. Jetzt, da seine Schöpfung sie so sehr enttäuscht hat, könnte er genauso gut existieren. Es gibt keinen Grund mehr, seine Existenz zu leugnen. Doch sie bleibt loyal, die Umwälzung kann noch immer geschehen, wie unwahrscheinlich es auch ist. Sie muss an die Zeit denken, die sie mit dem Mann in Südfrankreich verbrachte. Wehmut ist ihr fremd, sie erinnert sich an die Fakten.

Manchmal öffnet sie die Augen, dann sieht sie in der Ferne die Mutter, wie ein Gemälde, ganz ruhig und doch mit panischem Blick.

Die Tochter riecht die Hebamme, ein unbestimmter Geruch nach nassem Regenmantel. Sie nimmt die Stimmen um sich herum wahr. Oder ist es nur eine? Was die Stimmen sagen, versteht sie nicht. Die Tochter hat das

Gefühl, dass Dutzende Leute auf sie einreden, doch als sie hinzuhören versucht, merkt sie, dass sie sich geirrt hat: Nur eine Person spricht, die junge Hebamme mit dem Piercing. Fröhlich klingt sie, begeistert wie eine Verkäuferin auf der Messe, selbst wenn sie weniger angenehme Nachrichten zu überbringen hat. »Nur die Ruhe«, sagt sie, »es liegt nicht ganz richtig, darum krieg ich es hier nicht raus, die Nabelschnur hat sich um sein Hälschen gewickelt. Wir müssen ins Krankenhaus, aber so bekommen wir dich die Treppe nicht runter. Die Feuerwehr kommt, Lillian, hörst du?«

Die Feuerwehr kommt. Also doch. Nicht die Polizei, die Feuerwehr. Doch das sind Details. Sie werden Gründe dafür haben.

»Wir hätten sie nicht im Dachzimmer entbinden lassen dürfen«, sagt die Mutter. Die Tochter ignoriert diese Bemerkung. Schon wird nämlich ans Fenster geklopft. Die Hebamme öffnet, ein Feuerwehrmann zwängt sich ins Zimmer.

Ihr wird klar, dass es jetzt losgeht. Sie hätte nicht zweifeln dürfen, ihr Zweifel war ungerecht, sie hätte Geduld haben müssen, aber Geduld ist nie ihre Stärke gewesen. Sie hatte gefürchtet, sterben zu müssen, bevor der Status quo in sich zusammenbrechen würde, erlöschen wie eine schwach flackernde Kerze.

Der Feuerwehrmann hat sich seit ein paar Tagen nicht rasiert. Es ist, als stünde das Dachzimmer voller Feuerwehrleute. Der erste Feuerwehrmann sagt: »Kleine, wir legen dich jetzt auf die Trage.«

Sie schaut ihn erwartungsvoll an. Aller Schmerz, alle Anspannung, die ihr fast zu viel wurden, sind jetzt vergessen. Die Tochter streckt dem Feuerwehrmann die Arme entgegen. Jetzt, wo die Umwälzung losgeht, darf es keinen Zweifel mehr geben. Sie will Gewissheit, denn sie hat das Gefühl, das Bewusstsein zu verlieren.

»Verhafte mich«, sagt sie. Festnahme wäre Bestätigung.

»Ganz ruhig«, sagt der Mann. »Ganz ruhig, Kleine. Bald sind wir unten.«

Wie nett sie sind, alle miteinander. Natürlich bereiten sie sich auf die neue Welt vor, darum sind sie so nett. Die Laufburschen der alten Ordnung verlassen das sinkende Schiff und versuchen, sich der Avantgarde anzuschließen.

»Sie brauchen nicht mit den Feuerwehrleuten durchs Fenster zu gehen«, hört sie die Hebamme zu ihrer Mutter sagen, »nehmen Sie einfach die Treppe, dann treffen Sie Ihre Tochter vorm Haus.«

Sie wird auf die Trage gelegt und durchs Dachfenster geschoben. Dass sie auf die Weise noch mal ihr Elternhaus verlassen würde! So weit sie sehen kann, kreist kein Hubschrauber am Himmel, aber wenn man von der Feuerwehr vom Dachboden geholt wird, braucht man keinen Hubschrauber mehr.

Vom Abseilen selbst bekommt sie nichts mit. Keine Journalisten rufen ihr zu, und wenn, hält man sie auf Distanz.

So zerbröselt die Welt. Sie versucht, auf die Straße zu blicken, sieht aber nichts, weil lauter Feuerwehrleute sich über sie beugen.

»Du kommst in den Notarztwagen«, sagt der schlecht rasierte Feuerwehrmann. »Andere übernehmen dich jetzt. Viel Glück, Kleine.«

Das Verhör wird beginnen. Endlich. Sie spürt, wie sie das Bewusstsein verliert. Ein guter Moment. Sie wird schweigen. Es ist wie Schlaf, nur anders. Sie spürt, dass sie fällt, als sei ihr sehr schwindlig, während ihr eigentlich klar ist, dass sie hier liegt, dass sie nicht fallen kann.

Die Tochter merkt, dass etwas auf ihr lastet. Sie weiß nicht, was es ist, es liegt einfach nur da. Sie öffnet die Augen und schaut direkt in eine große gelbe Brille. Hinter der Brille befindet sich eine Frau.

»Ich bin die Gynäkologin«, stellt die Frau mit der Brille sich vor. Ein potthässliches Ding. Wie können Menschen sich nur solche Brillen aussuchen? Oder vielmehr: Wie können Menschen solche Brillen verkaufen? In der neuen Welt wird es für solche Brillen keinen Platz mehr geben.

»Wir sind zu spät gekommen«, sagt die Frau mit der Brille. »Wir haben getan, was wir konnten, aber wir waren zu spät.«

Jetzt sieht sie, dass auch ihre Mutter im Zimmer ist. Im Hintergrund, beim Waschbecken. Alt und geschwächt.

»Hörst du, Lillian?«, sagt die Frau mit der Brille. »Wir konnten deinen Sohn nicht retten, aber du lebst!«

Ein in Lappen gewickeltes Bündel liegt auf ihrer Brust. Wenn sie dieses Bündel bloß wegnehmen würden, es beklemmt sie.

Sie schaut die Frau mit der Brille an. Eine unbändige Wut überkommt sie, als hätte sie die Wut jahrelang aufgespart, all die Jahre nichts anderes getan als Wut anhäufen, so wie andere Leute Geld.

So geschwächt sie auch ist, die Wut ist stärker. Sie will die Brille der Frau packen, die große gelbe Brille, erreicht aber nur deren Oberarm, den Oberarm der Frau, die behauptet, Gynäkologin zu sein.

Sie drückt ihn. Fest, ohne loszulassen. »Der Virus lebt«, sagt sie.

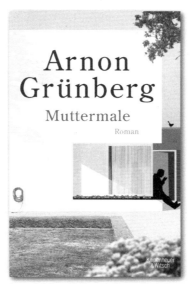

Arnon Grünberg. Muttermale. Roman. Deutsch von
Andrea Kluitmann und Rainer Kersten. Gebunden.
Verfügbar auch als E-Book

Für Otto Kadoke, der plötzlich für seine alte und gebrechliche Mutter sorgen muss, ist diese Aufgabe in jeder Hinsicht eine Grenzerfahrung, beruflich und persönlich. Ein berührender und gleichzeitig schonungsloser Roman über zwei Menschen, die ohne einander nicht leben und nicht sterben können: Mutter und Sohn.

»Die Niederlande haben einen neuen Star am Literaturhimmel, Arnon Grünberg. Einer der kreativsten Köpfe Hollands.« *ttt*

Kiepenheuer
& Witsch

Leseproben und mehr unter www.kiwi-verlag.de

Arnon Grünberg. Der Mann, der nie krank war.
Roman. Deutsch von Rainer Kersten. Taschenbuch.
Verfügbar auch als E-Book

Ein junger Schweizer Architekt fliegt in den Irak, weil er ein Opernhaus für Bagdad entwerfen soll. Doch was dort passiert, führt zu nicht weniger als einer existenziellen Erschütterung.

Eine rasante, spannende, verblüffende Lektüre, nach der man sich die Augen reibt und von vorne zu lesen beginnt. Große Literatur von einem zu Recht weltweit gefeierten Autor.

Leseproben und mehr unter www.kiwi-verlag.de